JN056222

ハルト
本作の主人公。
暗黒魔術の力を駆使し、
女神へ復讐の戦いを挑む
ミレーヌ
冒険者チームに
所属していた僧侶。
ハルトの痛みと心に触れ
配下となる

リーシャ
ハルトにより蘇った
聖王国の元騎士団長。
七種の剣を使いこなす

リーグ
ハルトたちの幼馴染。
「聖騎士」の職業を持ち
ステラを守護している。
ステラ
「聖女」の職業を与えられた
ハルトの幼馴染。
聖大国で崇拝の対象となる

世界に復讐を誓った少年

～ある暗黒魔術師の聖戦記～

やま

ぶんか社

C O N T E N T S

すべての始まり

「おらっ！　とっとと歩きやがれ、この悪魔が！」

　そう言いながら僕の背中を蹴り飛ばしてくる兵士。雨が降った後なので地面の土は水でドロドロ。そのなかに僕は倒れ込み、体中が泥で汚れるけど、誰も何も言わない。それどころかいい気味だと笑ってくる。

　……どうして僕がこんな目に。ただ、変わった職業を1つ手に入れただけじゃないか！　それなのに、たったそれだけなのにどうして僕は殺されなきゃいけないんだ！

　僕を連れていた兵士が倒れた僕に苛立ち、何度も背中を蹴ってくる痛みを感じながら、あの日のことを思い出した。

「ハルト、早く起きなさい！　今日は大切な日でしょ！」
　バタンッ！　と、大きな音とともに開けられる扉。僕の部屋に勢いよく入って来た人物、母さんは僕がかぶっていた布団を引っぺがす。
　布団を頭までかぶっていたため窓から入り込む太陽の光にも気が付かず、母さんが起こしに来るまで朝になっていたことに気が付かなかった。

「もう、ハルトが起きるのが遅いから、ステラちゃんとリーグくんはもう待ってるわよ！」

いまだにウトウトとしていた僕だけど、母さんの言葉にギョッとする。僕は驚いた顔で母さんを見るけど、

「何度も起こしたわよ。でも、後5分、後5分って起きなかったんじゃない。もう、12歳になるんだから1人で起きてほしいわ」

色々と小言を言ってくるけど、今の僕はそれどころじゃなかった。慌てて布団から飛び出して顔を洗いに行く。水桶（みずおけ）は家の外にあるため外に出ると、母さんの言っていた通り、既に2人は待っていた。

僕が住む村で同い年の幼馴染（なじみ）。ステラとリーグだ。彼らは家から慌てて出て来た僕を見て、それぞれの表情を浮かべていた。

「やっぱり私の言った通りね、ハルト。ワクワクして眠れなくなるって」

家の前にある低い石垣に腰を掛けて、くすくすと笑ってくるステラ。太陽の光がステラの腰まで伸びた銀髪をキラキラと輝かせる。村一番どころか、僕たちが住む村がある領地のなかでも一番の美人だと言われるほどの容姿をしている、僕がずっと心に想っている初恋の相手だ。

その隣には、イライラとした表情を浮かべるリーグが石垣に背を預けて僕を睨（にら）んでくる。彼は村一番の剣術の使い手で、魔法も得意。さらに容姿はステラの隣に並んでも遜色がないほど、むしろ逆にお似合いと思ってしまうほどのイケメンだ。

村のなかでは一番出世するだろうと言われている。僕なんかとは大違いだ。僕は普通の村人、それどころかみんなにはどこか抜けていると言われるほどだ。現に大事な日に寝坊してしまったし。

「お前は昔からそうだ。大事な時ばかり問題を起こす。さっさと支度をしろよ。お前を待っていたせいで、馬車に乗れなかったら許さないからな」

「ご、ごめんって。すぐに用意するから」

怒鳴るリーグに謝りながら僕は顔を洗い、部屋へと戻る。戻る途中で母さんは朝ごはんがどうとか言ってくるけど、それを食べている時間はない。

念のために昨日のうちに準備しておいてよかった。すぐに用意していた服に着替えて荷物を担ぐ。荷物といっても、馬車で2時間ほどのこの村から一番近い町に行くだけだから、そんなたいしたものはないのだけど。

着替え終えるとすぐに家を出る。母さんには行ってきますと言うだけで家を出たのだけど、まさか、これが最後の行ってきますになるなんて、この時は思ってもみなかった。

慌てて家を飛び出ると、用意ができた僕を見たステラは、よっ、と石垣から飛び降り、リーグは、ふん、と腕を組みながら先に歩いて行く。

「ご、ごめんね、ステラ。待たせちゃって」

「ふふ、別に構わないわよ。それより寝癖が付いてるわよ。直してあげるから少し頭を下げて」

僕が言われるがまま頭を下げると、ステラは魔法で手を濡らし、寝癖で少し跳ねていた茶色い僕の髪を優しく撫でてくれる。その時、近寄ったステラから甘い香りが漂って来る。僕はバレないようにドキドキとしていると、チッ、と舌打ちが聞こえて来る。

恐る恐る前を向くと、リーグが忌々しそうに僕を睨んでいた……いつからだったかな、リーグが僕を敵視するようになったのは。昔は3人で仲良く遊んでいたのに。

そんなことがありながらも村の中心に向かうと、町へ向かうための馬車が3台並んでおり、この辺りの村の子供たちや親が集まっていた。子供は僕たちを合わせて13人。例年に比べたら多い方だ。親たちはそれぞれの子供に、頑張れと声をかけていく。当然、ステラやリーグたちにもだ。特に村で期待されているリーグは村長たちからも声をかけられている。

僕はその光景を見ているだけ。母さんは来ない。僕が小さい時に父さんが死んでから、ずっと1人で僕を育ててくれた。今は近くの森で薬草などを採って、薬師としてなんとか生活ができている。今頃森に向かっているはずだ。朝から夜遅くまで働き詰めの母さん。そんな母さんを安心させるために、今回の天啓（てんけい）では少しでもいい職業を手に入れたい。

僕たちが住むこの世界では、神から与えられる『職業』というものがある。職業といっても、実際に働くものではなくて、その人の資質のようなものだ。

たとえば、国に仕える兵士でも、職業が剣士の人もいれば槍士の人もいたり。村人でも農民や狩人など様々なものがある。あくまでもその人の資質なので、その職業に合った仕事をしなければならないということではない。

農民でも商人の人はいるし、剣士などの戦闘系の職業を持っていなくても兵士になることはできるし。

僕はできれば、狩人（かりゅうど）みたいな森に入っても活躍できる職業がいい。そうすれば、母さんが無理して危険な森に入ることもなく仕事ができるからね。

どうやら僕たちが最後だったみたいで、村長が全員集まったのを確認すると、順番に馬車へ乗せていく。僕も乗ろうとすると、後ろから肩を掴まれて引っ張られる。

僕が尻餅（しりもち）をついて顔を上げると、さっきまで僕がいた場所にニヤニヤと笑みを浮かべた巨大な男の子がいた。後ろにはその取り巻きが3人いて、3人も同じように笑みを浮かべていた。

彼は村長の息子であるレグル。12歳なんだけど身長が180センチ手前まであって、横幅も僕が2人並んだぐらいの大きさだ。茶色の髪をした僕たちの年代のリーダーである。

「ふん！　とろとろと鈍臭（どんくさ）い奴が俺様より早く乗ろうとするんじゃねえよ！」

レグルはそう言うと、唾（つ）を吐いて馬車に乗った。僕は痛むお尻を押さえながら立ち上がる。

ため息を吐きながら空を見上げると、雲が厚くなって暗くなっていた。今にも雨が降り出しそうだ。その空はまるで僕の未来を表すかのようだった。

「……あ～あ、雨降ってきちゃったね」

「……そうだね」

村を出て2時間近くが経（た）った頃、隙間から見えていた太陽も雲で隠れてしまい、今は雨が降り始めていた。雨が馬車の屋根に当たる音が車中に響く。

僕がぼーっと馬車から見える景色を眺めながら、ステラの話に軽く返していると、両頬に痛みが走る。何事か！　と思って見ると、ステラが睨みながら僕の頬をつねっていた。

「な、なにすんだほー！」

「ハルトが私の話を適当に聞いているからでしょ！　そんな外ばっかり見ないで、私の方を見なさいよ！　話し相手になりなさいよ！」

そう言いながらステラは頬をつねっていた両手で両頬を挟み、僕の顔を無理矢理自分の方へ向けようとしてきた。く、首が痛い。馬車に揺られているだけで暇なのか、話し相手が欲しかったようだ。それなら、リーグと話せばいいのにと思ったりするのだけど。まあ、ステラと話すのは好きだからいいや。

僕は抵抗をやめてステラを見る。あまり見ているとドキドキしちゃうから見なかったんだけど。

「やっと見たわね」

そして僕と目が合うと、ニコッと笑うステラ。僕はすぐに顔を逸らしそうになるけど、それをすると再び無理矢理顔を向けさせられるので我慢する。僕の心臓の音がステラに聞こえないか心配だ。

「そ、それで、話って何話すの？」

「そうね。それじゃあどんな職業が欲しいか話しましょ。私はみんなを助けられるような職業がいいわね。治癒魔法師とかいいと思うわ。村でハルトのお母さんと一緒に店をやるなんていいと思わない？」

ステラは微笑みながら尋ねてくるけど、僕は頷けない。その理由が、ステラの向こう側に座るリーグが睨んでくるからだ。

そして、おもむろに立ち上がって僕の向かいの席に座った。そこでも腕を組んで睨んでくる。なんだって言うんだよ。しばらく睨んでから、ステラへと視線を移すリーグ。その表情はさっきまで僕を睨んでいた時とは大違いだ。

「ステラ、俺は最強の剣士になる。何者にも負けない最強の剣士にな」

リーグは握りこぶしを作り、ステラに自分の目標を話す。まるでそうなるのが必然だというような、自信がある雰囲気で。

「そう、頑張ってね、リーグ。それで、ハルトは？」

でも、ステラは、そうなんだ程度でリーグの決意を聞き流した。既にリーグから視線が外れて僕を見ているステラにはわからないかもしれないが、リーグは怒りで顔を赤くしていた。

それだけではなく、僕を殺すかのように睨んでくる。こ、怖過ぎる。なんで僕ばっかり。僕はなるべく視線を合わさないようにして、僕の求める職業を話す。

「ぼ、僕は母さんの手伝いができる狩人なんかがいいな。それが無理でも手伝えるやつだったらなんでもいいや」

「ふふ、ハルトらしいわね。ハルトのお母さんも喜ぶでしょうね」

「ふん、情けない夢だ」

リーグの言葉に腹が立ったけど、僕は無視する。誰になんと言われようとも僕の欲しいものは変わらない。

それから色々と話しているうちに、目的の町へと辿り着いた。雨が降るなか、馬車が列を作っている。天啓は1年に1日だけだから、近くの村の子供は同じ町に集まる。この馬車の列はその列になるらしい。

30分ぐらい待ってようやく進む馬車。目指す場所は、天啓を与えてくれる女神フィストリア様を祀るフィストリア教会だ。

フィストリア教会は大陸すべての国にあり、そのなかでも、国教としているフィスランド聖王国に本山があるといわれている。ここからかなり遠い国らしいので詳しくは知らないけど。

そのフィストリア教会で、神官より女神フィストリア様の天啓を与えてもらうと、職業が手に入るらしい。職業は神官と本人だけわかるとか。その職業を神官と確認して、用意された用紙に記入することで、職業が認められるという。

「あっ、着いたわよ！」

僕がフィストリア教会について少し思い出していると、肩を揺らしてくるステラ。どうやら目的の教会まで着いたみたい。既に馬車は止まっていた。リーグ、ステラ、僕の順に馬車から降りて教会へと向かう。

教会への入り口を開けると、なかは僕たちと同年代の男女でごった返していた。はあ～、これはかなりの人数だなぁ。結構待たないといけないかもしれない。

「うわぁ～、やっぱり多いね。この辺りの村の子供たちが集まっているからかな？」

「そうだろうね。あっ、あそこから並んでいるみたいだから行こうよ」

僕たちは列の最後尾に並ぶ。先に入っていたレグルたちは少し先の方まで進んでいた。流石のレグルもこのなかでは暴れないみたいだ。

教会のなかの子供の数は80人ほど。神官1人でするには大変な人数だ。それも、僕たちの前にも同じぐらいいただろうから余計に。

「よっし！　拳戦士だ！」

「私は司書？　だったわ」

「し、飼育員って……」

列を眺めていると、職業を貰（もら）い終えた子供たちが、それぞれの職業の話で盛り上がっていた。望み通りのものが貰えた子もいれば、思っていたものと違っていて落ち込んでいる子もいる。

そんな姿を見ていたら、僕も物凄（すご）く緊張してきた。僕はそこまで高望みはしないけど、それでも少しは、と期待してしまう。女神フィストリア様、どうかいい職業を与えてください！　お願いします！

……よし、なんとなくいい職業が貰えそうな気がする。こういうのは気持ちが大事だからね。

1人で納得しながら、次々と子供たちが天啓を貰っていく。レグルも終わっており、貰った職業は重戦士らしい。大きな盾を持って前線に立つ戦士で、その職業を持っていると、筋力が上がりやすいといわれている。物凄く喜んでいたな。

そして、次はリーグの番だった。堂々とした立ち居振る舞いで、女の子たちは頬を赤くして見つめて、神官の人はほぉ～と感心していた。

一筋の光がリーグに射すと、リーグはニヤリと笑みを浮かべ、神官は驚きの表情を浮かべていた。

「聖騎士（パラディン）か。悪くない」

なんと、リーグは世界でも数人しかいない聖騎士になったようだ。そのことに周りは騒（ざわ）つく。まさか同じ村からそんな伝説に近い職業を持った人が現れるなんて。

リーグは笑みを浮かべながら堂々とその場から離れる。興奮が冷めないなか、次はステラの番になった。ステラは少し緊張しているようだけど、これもまた堂々と神官の前まで歩く。

そして、さっきのリーグと同じように一筋の光がステラへと射し込む。そして今度も神官は驚きの表情を浮かべていた。ステラも何か特殊な職業になったのかな？

「ま、まさか、生きているうちに出会えるなんて！　女神の化身……聖女様！」

神官が膝をつき祈るような姿勢で放った言葉に、先ほどまで興奮していた子供たちは固まる。理由は、どんな子供でも知っている職業が出たからだ。

有名度で言えば、さっきのリーグの聖騎士よりも有名。様々な物語にも出て来る職業『聖女』だったからだ。

ステラは困惑しているが、教会の奥から出て来た神官よりも豪華な服を着た男の人と女の人が、ステラの元にやって来て何かを話している。

どんな話をしているのか物凄く気になったのだけど、神官が早く来るようにと急かすので僕も神官の前まで向かう。彼は早くこの仕事を終わらせて、ステラと話したいようだ。

気持ちはわかるけど態度に出さないでほしい。鈍感な僕でもわかるものはわかるんだから。

そして、何度目かになる光が、僕の体を覆うように射し込む。これで僕にも職業が。そう思ったのだが、次の瞬間地面から黒い影が吹き出して来た。まるで光を遮るかのように。

僕が訳もわからずに固まっていると、頭のなかで響く声。無機質な、男でも女でもない声が頭の中で響いた。でも、この声が職業を教えてくれると本能でわかる。そして僕に与えられたのは……『暗黒魔術師』という聞いたことのない職業だった。

「……暗黒魔術師？」

なんだろうこの職業。全部の職業を知っているわけじゃないけど、初めて聞く職業だ。それに魔術師って？　普通は魔法師のはずなのに。

う〜ん……まあ、いいか。後で考えたらいいんだし。僕が欲しかった職業ではなかったけど、この職業でも母さんを助けることはできるはずだ。そんなことを1人で考えていたけど、後ろにはまだ列があるから早く移動しよう。物凄い職業を貰えたリーグとステラにはまだ会えないだろうから先に馬車へ戻っておこう。

僕は神官に頭を下げて移動しようとする。そのまま出口の方へと向かおうとした瞬間、ガシッと左手を誰かに掴(つか)まれた。僕がびっくりして振り返ると、僕の手を掴んだのは神官だった。

顔は下を向いていて表情はわからないけど、ぶつぶつと何かを言っている。僕はそのことに少し怖くなった。

「あ、あの、神官さん？　ど、どうしたのですか？」

僕は神官の表情を見ようと少ししゃがんで見てみると、驚きのあまり僕は尻餅をついてしまった。何故(なぜ)なら、神官の表情があまりの怒りで歪(ゆが)んでいたからだ。

そして、視線だけで僕を殺せるんじゃないかと思えるほどの怒りをぶつけてくる神官は、僕を指さして叫ぶ。

「騎士たちよ！　こやつを捕らえろ！　『暗黒魔術師』の職業を持つ、女神に逆らいしこの悪魔を！」

神官が叫んだ瞬間、訳もわからずに見ていた騎士たちが一斉に僕を注視する。その視線は、先ほどの神官と同じように憤怒(ふんぬ)の色に染まっていた。

僕は心の底から逃げないといけないと感じた。このまま捕まれば確実に殺されると。だけど、心とは別に体が動いてくれない。周りから注がれる怒気(どき)に体が萎縮(いしゅく)してしまっているのだ。

そして気が付けば、僕は吹き飛ばされていた。後から来る腹の痛み。何をされたのかはわからないけど、物凄く腹が痛い。あまりの痛さにうずくまることしかできず、固まっていると、体中に何かが巻かれる感覚。そのせいで動けなくなってしまった。

なんとか顔を上げると、僕に向かって手を伸ばすステラの姿が見えた。騎士や豪華な服を着た男性が先には行かせないようにしていたけど。

その時、頭に物凄い衝撃が走る。目の前は霞み、最後に映ったのは叫ぶステラの姿だった。

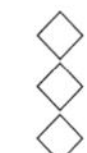

……もう、何日くらい経っただろうか。暗い部屋のなか、日も当たらないここは時間の感覚がわからなくなる。ここに閉じ込められてからは、ずっと、殴られて、爪を剥がされ、体のどこかが焼かれて。僕の心はもう限界だった。

いくら叫ぼうとも、いくら助けを求めても、誰もやめてくれない。僕が何かを言う度に殴られ、周りから罵倒を浴びせられる。

死にたくても、神官か誰かが死なない程度に治療するせいで死ねない。もう我慢ができずに舌を噛んで死のうともしたけど、気が付いた人に殴られて、猿轡を着けられた。

……母さんは心配しているだろうな。ステラたちが上手いこと言ってくれているといいけど。

ぼんやりとそんなことを考えていると、ギギィと扉が開く音が聞こえる。あぁ、もうそんな時間か。また、殴られたりするのか。それとも、焼かれるのか。何をされるにしても嫌だ。

今日は何をされるのかと恐怖していると、バシャッ！　頭に何かかけられた。突然のことで僕が驚き咽せていると、突然の浮遊感。今のは水をかけられて、無理矢理立たされたのか。

だけど、足に力が入らない僕はその場に倒れ込む。すると、腹に走る痛み。僕は呻(うめ)くことなく耐える。この数日間で覚えたことだ。彼らは僕が叫ぶと、より面白がって殴ったりして来るのだ。だから我慢する。

「おら、さっさと立ちやがれ、この悪魔が！」

再び引っ張り上げられ、僕は無理矢理歩かされる。目隠しをされているせいでわからないけど、何処(どこ)かへ連れて行かれるようだ。

時折棒のような物で叩かれたり、蹴られたりしながら歩いていると、ざわざわと声が聞こえて来る。耳に入るのは「あれが悪魔……」「汚らわしい」「なんで生きているんだよ」とか、そんなことばかり。

いつの間にか、街のなかを歩いていたようだ。だけど、どうしてそんなことを言われなきゃいけないんだ。僕が何をしたっていうんだよ。

誰にぶつければいいのかわからない怒りを抱きながら歩いていると、頭に衝撃が走る。何か固い物がぶつかった感じだ。誰か「よし、当たったぞ！」と喜ぶ声が聞こえて来た。どうやら、誰かが僕の頭に石を投げつけて来たらしい。１人が投げると、周りからも次々と投げられる。誰も、止めるようなことはしない。僕はただ歯を食いしばって我慢するだけ。

それからどれくらい歩いただろうか。もう丸１日は歩いている気がする。目隠しされて周りが見えないからわからないけど。気が付けば固い物がぶつかる衝撃はなくなり、時折、後ろから叩かれるだけだ。

僕の体は血や泥で汚れているだろう。自分からそうなったわけではないのに、周りから薄汚い悪魔と罵(ののし)られる。

もう、何を言われても心が痛むことはなかった。既に心が壊れかけているのかもしれない。そう思っていたけど、まだ、僕の心は壊れていなかった。いや、後で考えれば壊れていた方がよかったのかもしれない。そうすれば、あんな思いをしなくて済んだのに。

何処かに着いたのか、無理矢理その場に座らされる。そして、目隠しを外される。久し振りに目を開けるため、視界がぼやけて初めはあまりわからなかったけど、少しずつ目が慣れてくると、僕の周りを沢山の人が囲んでいるのがわかった。

そして、少し周りを見て僕は、見覚えのある景色に体が震える。そう、僕が引っ張って連れて来られたのは、生まれ育った村だった。

そして、僕を見てくる沢山の視線。そこにいる人たちは当然知っている人たちで、八百屋のおばちゃんも、狩人のおじさんも、隣の家のお姉さんも、みんなが僕を見に来る。

それも、いつものような親しみのあるものではなく、僕を蔑(さげす)むような視線。人に対して向けるような視線ではなかった。

僕が呆然(ぼうぜん)と村人のみんなを見ていると、後ろから髪の毛を引っ張られ、無理矢理顔を上げさせられる。そして、僕の横に立つ男性。何処かで見覚えがあると思ったら、僕に天啓を与えてくれた神官だった。

「皆の者は既に話を聞いていると思うが、こやつは悪魔の力を持っている！『暗黒魔術師』という、古(いにしえ)に聖王国に牙を剥(む)いた忌々しき人物と同じ力を！」

神官の言葉に村の人々は騒つく。古に聖王国に牙を剥いた人物？　一体誰のことを言っているんだ？　そんな話を聞いたことがない。

「当時の大神官がなんとか倒したが、聖王国は多大な被害を受けた。それほど、暗黒魔術師の力は絶大だった。死霊を操り、遺体を操り、暗黒魔術師は死者の軍勢で攻めて来る。倒された者は暗黒魔術師の手下となりこちらを襲って来るという、残忍極まりない方法で攻めて来たそうだ」

訳のわからないまま話を進める神官。だけど、村のみんなは本当かどうかわからない神官の話を信じて、敵意の視線を僕に向けてくる。

「その悪魔を早めに倒すために、我々は女神フィストリア様より、天啓の力を授かったのだ。その結果、この通り『暗黒魔術師』を見つけることができた」

仰々しく叫ぶ神官。天啓をするのにそんな理由があったなんて。村人たちも驚きの声を上げている。だけどそれ以上に彼らが驚いたのは、

「当然この悪魔は生かしてはおけぬが、この者を匿っていたこの村も同様の罪に問われる！」

と言う神官の言葉だった。その言葉を聞いた村人たちは、自分は関係ないと叫び始める。だけど、村人たちが叫ぶと同時に神官に付いて来た兵士たちがみんな剣を抜き始めた。

「ま、待ってくだされ！　私どもはそいつがそんな悪魔だとは知らなかったんだ！　信じてくれ！」

村長は神官に、地面に頭を擦りつけるようにして命乞いを始めた。周りの村人たちも同じようにする。神官はその光景を見て、ニヤリと気持ちの悪い笑みを浮かべながら、腰のナイフを地面に放った。

「では、こやつと仲間ではない証拠を見せろ！　1人1回こやつのどこでもいい。このナイフで刺せば命は助けてやる！」

……な、何を言っているんだこの人は？　僕は信じられなかった。ただ、それ以上に信じられないことが起きた。

そして、ぶつぶつと言いながらふらふらと僕の方へと向かって来る。

「……う、嘘だよね。そ、村長、ま、まさか、刺したりしないよね!?」

「悪いな、ハルト。俺たちは死にたくないんだ。だからお前が犠牲になってくれ。別にいいだろ？　お前は死んでもいい悪魔なのだから」

……僕には何を言っているのかわからなかった。いや、言葉はしっかりと聞こえていたのだけど、心が、脳が理解してくれなかった。

自分は悪くない。悪魔だから刺しても大丈夫だとぶつぶつと呟く村長。僕からすれば村長たちの方が悪魔に見えた。

そして、戸惑うことなく振り下ろされたナイフは僕の左足へと突き刺さる。脳まで一気に激痛が走り、声にならない叫びが口から出る。本当に自分の声なのか疑うほどだ。

僕の叫び声に驚いた村長は慌ててナイフを抜く。ナイフが抜かれた瞬間、神官に付いて来た1人が刺さった箇所を治療していく。

ああ、また、死なないように治されるのか。どうせなら一思いに殺してくれたらいいのに。

村長が刺すと、村人たちも次第に躊躇いがなくなっていく。大人や子供なんて関係ない。この村に住んでいる人全員が僕にナイフを突きつけてくる。

もう何回刺されたかもわからない。刺される度に僕は叫び、閉じ込められた時と同じようにいくら叫んで助けを呼んでも誰もやめてくれないし、助けてくれない。

指は切り落とされ、耳は削がれ、何度も同じ場所を刺されたり、もう切られていない場所といえば目と舌ぐらいだろう。

目を潰さなかったのは己の罪を自覚させるためだそうだ。ただ、天啓で職業を受けただけで、一体僕になんの罪があるというんだ。

地面は僕の血で赤く染まり、血溜まりができるほどだった。何百人にも刺されると、もう痛みも感じない。よくこれで死なないなと考える余裕ができるほどだ。

それに、もう目の前の奴らは人間には見えなかった。悪魔より悪魔に見えた。

「これで、大方は終わりましたかな？　それではあなたたちもです」

神官が何かを言うと、誰かを連れて来る。当然見覚えのある顔。僕の幼馴染だった顔だ。片方は僕を指さして何か叫んでいるけど、痛みで意識が朦朧としていた僕には上手く聞こえなかった。

その間に落ちていたナイフを拾った男、リーグは僕の前に立つ。そして、僕と目が合うと今までのリーグからは想像ができないほど気色の悪い笑みを浮かべていた。まるで、この時を待ち望んでいたかのように。

リーグはその笑みを浮かべたままナイフを振り下ろしてくる。その刃は僕の右目に突き刺さった。今までの比ではないほどの痛みが顔全体に走る。だけど、それよりもリーグに対する怒りの方が、憎しみの方が強かった。そんなに僕が死ぬのが嬉しいのか！　そんなに、そんなにも！

僕のそんな怒りや憎しみが伝わったのか、リーグはビクッと震えて勢いよくナイフを抜いた。右目から血が溢れるけど、気にならないぐらい僕はリーグを睨む。

村人たちから刺された時も怒りが湧いて来たけど、それとは比にならないぐらいの怒りと憎しみがリーグに対して湧いて来た。

やっぱり心の奥底では幼馴染だからと、期待していた部分があったからだろうか。今では少しでも期待した自分に腹が立つ。

そして、リーグから次にナイフを手渡されたのは、ステラだった。

リーグから渡されたナイフを震える手で持つステラ。彼女は涙を流しながら神官に向かって何かを言っている。だけど、神官が何か指示を出すと、騎士たちが動き出して誰かを引っ張って来た。

引っ張って来られた人物を見て、ステラは固まってしまった。それは当然だろう。騎士たちに連れて来られたのは、ステラの両親と幼い弟だったのだから。

ステラの両親はステラに向かって何かを言って、ステラは僕と両親の方を交互に見て逡巡していた。弟の方は訳がわからずに見ているだけだけど。

いまだに迷うステラに痺れを切らした神官は騎士に何か指示を出すと、騎士は弟に向かって剣を振り上げた。そして、弟に向かって振り下ろされる。

だけど、弟の頭に触れる直前で騎士の剣は止まった。ステラが何か言ったのだろう。

ステラは震える両手で手が白くなるほどナイフを握り、僕の方へとやって来る。ああ、やっぱりステラもか。まあ、さっきの感じだと仕方がないか。あのまま反抗すると弟は殺されそうだったし。

僕の心はもう駄目みたいだ。あれだけ好きだったステラのことがこんなにも憎く感じるなんて。

涙を流しながら僕に何かを話しかけるステラだけど、何も聞こえない。もう心から聞くことをやめてしまっている。こいつらの声はすべて雑音にしか聞こえなかった。

ステラは震えるナイフを僕の胸へと突き刺した。もう痛みを感じることはない。慣れるって怖い

ね。僕はただじっとステラを見るだけ。なんの反応もない僕を見たステラは、ナイフを抜くと口を押さえて離れて行った。

　でも、ステラたちで最後っぽい。これでようやく僕は死ねるんだ。やっとこの痛みや苦しみから解放される。母さんには本当に申し訳ないけど……母さん？

　そういえば、僕がここまで連れて来られてから、一度も母さんを見ていない。当然ナイフで僕を刺したなかにもいなかった。

　そう考えた瞬間、最悪の予感がした。悪魔であるといわれている僕がこのようなことをされていて、その僕が住んでいた村の住民が、僕を匿っていたという濡れ衣を着せられて、仲間ではない証明として僕にナイフを刺している。

　それじゃあ、悪魔といわれている僕の親である母さんには何を？　そう思って辺りを見回すと、僕の考えがわかったのか、神官は高笑いをしながら騎士に指示を出す。

　そして、誰かを引きずって来た。いや、誰かなんて言わなくてもわかる。わからないはずがない……だって僕の大切な家族なんだから。

　騎士たちに引きずられるようにして連れて来られた母さん。体中傷だらけで、ここからじゃあ生きているのかもわからない。足はだらりとしており、よく見たら深い傷がある。もしかして、逃げられないように足の腱を切ったのか？

　僕は無意識に母さんの元へ向かおうとした。だけど、ボロボロの僕の体には力が入らなくて、自分の血で染まった地面に倒れてしまった。

　そして、勝手に動いた僕を騎士たちは蹴ってくる。くそっ、母さんの側に行きたいのに。どうしてこいつらは邪魔するんだ！　こいつら全員殺してやりたいのに、僕には力がない。この状況を打破する力が。

騎士たちは僕を蹴るのをやめて、別の騎士が母さんを僕の目の前まで連れて来る。そして、神官が母さんを指さしながら何か喚いていた。

その間に母さんは気が付いたようで、傷だらけの僕を見ると、悲しそうな表情をするけど、微笑んでくれた。僕は母さんの笑顔を見ただけで、枯れたと思った涙が溢れてきた。

どうにかして母さんだけでも助けないと！　僕は周りに助けを求める。なりふり構わず叫んでいるためか余り言葉になっていないけど、自分が出せる一番の声で叫ぶ。

僕を止めようと騎士たちが殴りかかって来るけど、それでもやめない。ここまで来たら僕はもう諦める。だけど、母さんは関係ない。母さんには生きていてほしい。

そう思い叫び続ける。僕の声に腹が立ったのか、神官は魔法を放って来た。小さな光の矢だけど、10本近く放たれ、僕の体へと突き刺さる。

僕がその衝撃に怯んだ隙に、騎士たちが口に猿轡を着けに来る。させないように暴れるけど、大人に掴まれて取り押さえられると、微動だにできなくなった。

そのまま地面に倒されて、髪を引っ張り顔を無理矢理上げさせられる。視線は母さんから離さないように固定されたまま。

僕の視線の先では神官が何かを話していて、母さんは地べたに膝をつけて座らされ頭を前に出す姿勢にさせられていた。そして、その横に剣を持つ騎士が立つ。

……ま、まさか。や、やめろ。やめてくれ！　お願いだからそれだけはやめてくれ！　母さんは関係ないんだよ！　僕が死ねば済む話なのに！

「ウウゥゥゥ!!　ウウッ！」

　僕は暴れるけど、取り押さえられてどうしようもできない。その間に準備を終えた騎士は、剣を大きく振り上げる。

　やめてくれ。頼むから。誰かいないのか!?　母さんだけでも助けてくれる人は!?

　その時、とある声が聞こえた。

『ハルト、愛し……』

　僕が声の主の方を見た瞬間、騎士の剣は振り下ろされた。そして、僕の視線の先には、笑顔を浮かべたまま宙を舞う母さんの頭があった。

　その瞬間、僕のなかの何かが切れる音がした。同時に僕は叫び続けた。もう誰も信じられない。ただただ憎しみだけが溢れて来る。喉が裂けて血を吐こうとも僕は叫ぶのをやめられなかった。視界も赤く染まり、すべての人間が醜い化け物に見える。

　僕にこいつらを殺す力があったら。母さんを助けることができる力があったら。僕はただ叫ぶことしかできない。何もできない。無力だ。そんな自分が憎い。神官よりも騎士よりも村人たちよりも、何もできないまま母さんを殺された、殺されるところを見ているしかできなかった自分が憎い！

　僕を黙らせるためか、騎士に顔から地面に思いっきり叩き付けられる。歯は折れて、口のなかが切れるけど、もう痛みなんて感じない。僕は騎士を睨み続ける。

　その時、何故か騎士の後ろの景色が気になった。理由はわからない。ただ、目が離せなかった。

　すると、突然騎士の背後の空間が割れ始めたのだ。

比喩とかではなく、ひび割れるようにパキパキと。その光景を、神官も騎士も村人もただ黙って見ているだけだった。僕も黙ってしまった。

そして、空間から現れたのは、漆黒のローブを着た骸骨だった。手にはかなり豪華な物だと思われる杖を握っていた。

この骸骨が何者かはわからないけど、ただわかるのは、ここにいる誰もが敵わないことだ。死の瘴気を放つ骸骨。僕を押さえつけていた騎士はそれを吸っただけで死んでしまった。

だけど、僕にはなんともない。いくら吸っても騎士のように苦しむことも死ぬこともなかった。逆にこの瘴気のおかげで体の痛みが引いたぐらいだ。

骸骨は直っすぐ僕の元へ来ると、杖を握っていない方の手で僕を担いだ。すると、何故か物凄く安心してしまった。理由は本当にわからない。

骸骨が杖を僕に向けると、急に眠気が僕を襲う。このまま眠っちゃダメだ。母さんの元に行かないと！　だけど、僕の思考とは裏腹に次第に瞼が下がって行く。最後に視界に映ったのは、骸骨に向けて魔法を放って来る騎士たちと、母さんの遺体だった。

『カッカッカ！　クソ女に騙されているクソども！　悪りぃが俺の大切な女は返してもらうぜ！』

『ふざけるな！　我が国の聖女を貴様のような悪魔に渡すものか！』

『ハッ！　その聖女様がテメェらの国でどういう扱いをされているか知らねえクソどもが！　テ

メェら！　目の前にいる聖女がどのような扱いをされているかも知らないで、のうのうと崇めているクソどもにテメェらの憎しみをぶつけやがれ！　国にされたことを思い出せ！　怒りや憎しみ、憎悪をぶち撒けろ！』

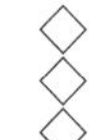

「……なんだ、今の？」

　頭のなかに流れた自分のものではない記憶。黒いローブを着た黒い髪の男が、ゾンビやスケルトンといった魔物を引き連れて、人間の軍を攻めていた。一体誰の記憶なのか。

「よぉ、目が覚めたか？」

　僕が自身の知らない記憶に戸惑っていると、横から声が聞こえて来た。声のする方を向くと、そこにはさっきやって来た黒いローブを着た骸骨が椅子に座って……そうだ、母さんは!?

　骸骨が何かを言う前に僕は寝ていたベッドから起き上がろうとしたけど、指が切られてなくなっているうえに、右目が潰されて片目で距離感が掴めないため、ベッドから落ちてしまった。足にも力が入らない。

「ったく、あわてんじゃねえよ。ほれ」

　骸骨が座ったまま骨の指を振ると、地面から別の骸骨が出て来た。これはスケルトンか。目の前の骸骨ほどではないけど、物凄く雰囲気がある。絶対ただのスケルトンではない。

　新しく出て来たスケルトンは、見た目の無骨さからはわからないほど優雅な立ち居振る舞いを見せながら歩いて来る。そして、床に倒れる僕が痛みを感じることなくベッドまで戻してくれた。そういうことに慣れているかのように。

そして、いつの間にか側に来ていたローブを着た骸骨が、両手で僕の頭を挟む。な、なんだ？骸骨から魔力が流れると、耳があった場所がなんだかムズムズとする。背後から動かないように押さえられてしばらくすると、

「これで耳は治った。どうだ小僧？」

と、声が聞こえて来た。僕は、えっ？　と思いさっきまで骸骨が触れていた場所を触れると、そこには耳が付いていた。確かに村人に切られたはずなのに。

訳もわからず困惑としていると、今度は指のない手を取られた。右手を掴まれると、骸骨は空いている右手で、指のない右手の親指の部分に何かを合わせるようなことをする。

僕はそれを見て思わず手を引きそうになった。骸骨が僕の手を握る力の方が強くて動かなかったけど。骸骨が持っていたのは、僕の切られた指先だった。

僕の手の切り口と指先の切り口の肉が引っ付こうと蠢く光景は気持ちが悪いけど、引っ付くと傷口なんてなかったかのように綺麗になっていた。動かしてみると、普通に動く。

驚いている僕を他所に、骸骨は次々と指を付けてくれた。凄い。全く違和感がない。切り落とされる前と同じ感覚だ。

「色々と聞きたいこともあるだろうが、まずは俺のことからだ。俺の名前はダルクス・ブラッドレイ。お前がこうなる原因となった暗黒魔術師だ」

……こ、この人が暗黒魔術師。僕がこうなる原因となった……僕は怒りに任せて立ち上がろうと

したけど、背後からスケルトンに押さえつけられた。

「まあ、お前がそうなる理由はわかる。まさか俺が眠っている間にあのクソ女がこんな手を使っているとは思わなかったんだよ」

「なんの話だよ！　あんたが、あんたが聖王国なんかに喧嘩を売るから！　そのせいで僕はこんな目に遭って……母さんは……」

「それは悪かった。だが、お前が怒りに任せて魔力を放ってくれたおかげで、俺は再びこの世界に来てお前を助けることができた。俺はもう生きるのに満足したから、別にお前に殺されてもいいと思っている。ただ、俺の話を聞いてからにしてほしい」

　怒りに任せて怒鳴る僕に、落ち着いた声色で話しかけてくる骸骨。その姿は骸骨だから表情が変わっていないはずなのに、本当に申し訳なさそうな気持ちが伝わって来た。

　この骸骨のことは信じられないし、絶対に許さないけど、僕の命が助けられたのは間違いない。それに、今の僕の命は骸骨に握られていると言ってもいい。この骸骨の話を聞いてからでもいいだろう。

　僕がダルクスの言葉に頷くと、押さえつけていたスケルトンが僕から離れる。僕はさっきまで寝ていたベッドに腰を掛ける。

「それじゃあ、どこから話そうかね。まずは暗黒魔術師について話そうか」

「それで、あの悪魔は見つかったのか⁉」

「いいえ、あの骸骨の化け物が連れ去ってからは、後を追えずに」

「馬鹿者！　既に聖王国には悪魔である『暗黒魔術師』が見つかったことを伝えているのだぞ！　向こうから聖騎士がやって来るのも決まっている。それなのに、悪魔がいなければ私が罰せられるのだぞ！」

「今、騎士が総出で探しております」

「当たり前だ！　……それで、聖女の方は？」

「はい、聖女様はあの日以来部屋から出て来ないそうです。侍女が食事を持って行っても食べないそうで」

「クソッ！　どいつもこいつも私の思い通りに動かないクズめ！　私が聖王国に戻る機会だというのに！　聖女にはなんとしても食事をさせろ！　死なれては困る！」

「わかりました」

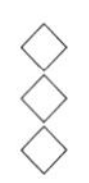

「暗黒魔術師……について？」
「ああ、そうだ。っと、言うよりもまず見てもらった方が早いな」
　そう言いダルクスが骨だけの指で音を鳴らすと、ダルクスの骨だけの体に肉がつき始めた。人間の内側なんて初めて見るのだけど、正直言って気持ち悪い。自分の指が切り落とされた痕を見たりしたことはあるけど、それより凄い。

でも、完全に骨に肉がつくと1人の男性の姿になった。金色の髪をオールバックにしており、左目のところには大きな切り傷がある男性の姿だった。年は40代ぐらいだろうか。

さっき夢で出て来た男に似ている。今、目の前にいる人より少し若かったけど間違いない。

「肉体を戻したのは何年振りだろうか。なぁ、ナタリア？」

「おおよそ、2000年ほどでしょうか、主人様」

うおっ⁉　突然後ろから声がしたから振り向くと、先ほどまで立っていたスケルトンも肉体を手に入れていて、侍女服を着た女性が立っていた。腰まで伸びた綺麗な黒髪をしている。ステラと比べてもかなり綺麗だ。

「もうそんなに経つか。あいつを見送ってからずっとここにいたからな」

そう言って何か懐かしそうな表情を浮かべるダルクス。それよりも、

「そういえばここって何処なんだ？　なんだか落ち着くんだけど」

「落ち着くのは当然だろう。ここは生と死の狭間だからな。俺たちのみが持つ暗黒魔術師の力でしか来ることができない場所だからな」

……生と死の狭間。また訳のわからないことを。だけど、疑う気になれないのは本能で自覚しているからだろうか。

「……その暗黒魔術師ってなんなんだ？　色々と聞きたいことはあるけど、一番気になったのは魔術師ってところだ。僕たちが使えるのは魔法のはずだ。それなら魔法師になるはずなんだけど？」

「簡単に言うと魔術っていうのは神の力の一部だ。元来は世界になかった力だが、とあるクソ女が

元々いた神を殺して成り上がったんだよ。その結果、神の持つ力が世界に散らばった」

「そのクソ女って……」

「女神フィストリアだ。元は神の下にいる天使だったらしいが、力を欲して神の座を奪い取ったそうだ。その時、前の神が自身の力を取られないようにするために、この世界に力の一部を放ったらしい。その力の1つが魔術という力だ」

……僕が持つこの力が神の力の一部。結局は女神のせいで僕がこんな目に。

「神の座に就いたフィストリアだが、神が自らの力を分けて世界に放ったせいで、他の神よりは劣る存在となった。それでも、他の天使では太刀打ちできないほどの力は持っていたそうだが」

「なら、なんでフィストリアは前の神を殺すことができたんだ？　前の神はそれ以上の力を持っていたんだろ？」

「なに、簡単な話だ。色仕掛けにやられたんだよ。神といえども男神、当然色欲も持っている。そこを狙われたんだよ」

……なんでそういうところは人間っぽいんだよ。僕が思っていることがわかったのか、ダルクスも苦笑いをしていた。

「魔法はな、人間たちを自分の下僕にするためにフィストリアが魔術を簡単にして人間が使えるようにしたものだ。神から与えられし力としてな。ある程度の魔力と理解力があれば、誰でも使えるように魔術を簡略化したのが魔法だ」

「……なるほど。だけど、どうしてあんたはそこまで詳しいんだ？　話を聞いていると、あんたは僕と同じ人間のはずだが？」

「ナタリアに聞いたんだよ。そいつはフィストリアと同じ天使だ。暗黒魔術師の力に目覚めた俺のところに来たんだよ。フィストリアを止めてほしいと」

　僕はダルクスの言葉を聞いて振り向く。後ろではナタリアが無表情のまま頷いていた。話を聞いて思ったけど天使なんて存在したんだ。伝説のものかと思っていた。だけど、彼女の背中に生えている漆黒の翼を見たら信じるしかなかった。

「それで暗黒魔術師、暗黒魔術ってのはな、簡単に言うと今で言う闇系の魔法のすべてを司る魔術だ。普通のものから洗脳や影操作、アンデッド系を作り、操ることも可能だ」

　……あっ、さっきの夢ではそのアンデッドを作る力を使ってあの大軍にしていたのか。

「ナタリアにこの世界のことを教えてもらった俺は、まず、強くなるために世界を回った。あの時は女神どころか、聖王国にも勝てなかったからな。旅では色々とあり、聖女とも知り合った。その時にナタリアから聖女というシステムを教えてもらった」

「聖女というシステム？　どういうことだ？」

「さっきも話した通り、フィストリアは神の力を殆ど手に入れることができなかった。そのため、世界に干渉するほどの力を持てなかったんだ。それがフィストリアは嫌だったんだろう。前の神にはできていて自分ができないのが。それでフィストリアは、世界に干渉するためのシステムを作ったんだよ。それが聖女という生贄だ。聖女はフィストリアが適当に選んで力を与えている。それをするのにはかなり力がいるらしく、何百年に1回だけらしいが。そして、聖王国に聖女を保護させ、お告げという形で命令するんだ。しかし、当然ながら元々神の力の一部を持っている俺たちとは違って、普通の人間に神の願いなんて叶えられるわけがねえ。いくら力を与えられようとも、フィストリアの力は紛い物だ。その結果どうなると思う？」

どうなる？　僕にはわからないが、ダルクスの雰囲気からして確実によくないことが起こるのだろう。

「聖女が生きていくうえで必要な人体の機能を失うんだよ。それも、フィストリアの願いが難しいものほど」

「私が見たことがあるのが、視力や、味覚、基本的な五感の一部を失うのは普通で、体の一部がなくなったり、感情がなくなったり、記憶がなくなったり。珍しいものでは、普通に飲食ができていたのに、力を使った後、満腹を感じさせる機能を失って、いくら食べても空腹が収まらず亡くなった方もいました」

……なんだよそれ。それじゃあ今、聖女の職業を持っているステラもそうなる可能性があるのか。

……僕には関係ないけど。

「俺が一目惚れした聖女は、既に視力を失っていた。それが許せなかった俺は、その時はある程度力を持っていたから聖王国を攻めたんだよ。そして、聖女を取り返し、ナタリアの力を借りて、フィストリアの元へ行き殺した……はずだったんだけどな」

それが、さっき夢で見た戦いなのか。その後に女神フィストリアを殺したと思っていたけど、実は生きていたってわけだ。

「その結果、この世界に散らばった神の力の一部を恐れたフィストリアは、天啓なんて力を人間どもに与えて監視していたんだろう。俺は他にも力を持った奴に出会ったことがあるから、俺が表舞台から消えた後もいたんだろう。そいつらが生き抜いたかどうかは……お前を見る限り厳しそうだが。これらすべては俺たちの甘さが招いた結果だ。そのせいでお前には苦しい思いをさせてしまった。すまなかった。詫(わ)びではないがお前の望みを聞こう。俺を殺したいというなら殺してもいい。俺ができる範囲のことはする」

そう言って頭を下げてくるダルクス。突然色々な話を聞かされて頭の中が混乱しているけど、話を聞いてダルクスに頼むことは決まっていた。それに、彼の話を聞いて歓喜している部分もある。僕が持っている力は復讐ができるほどの強大な力を秘めているのだから。

復讐への準備

「ここが目的の場所だ」

　ダルクスに連れて来られたのは、生と死の狭間の世界で、まだ、生の世界に未練を残して、死にきれていない者たちが集まる場所だ。

「しかし、こんなことでいいのかよ。俺は……」

「別にいいと言っただろ。あんたは自分でも言っていたが、生きる気のない奴を殺したところで復讐にはならない。それに、確かにあんたのせいで僕たちがこんな目に遭っているけど、暗黒魔術の力を使えるのはあんただけだ。僕はあんたほど頭がよくない。自分で使いこなせるなんて思っちゃいないからね」

「だから、俺に使い方を教えてもらうと？」

「ああ、僕も自分の手で復讐がしたいからね。神の力を頼らないといけないのは癪だけど、女神の力でないだけマシだし、世界を敵に回すんだ。そんな甘いことは言ってられない」

　ダルクスから昔の話を聞いた後、ダルクスをどうするかという話になったけど、僕は彼から暗黒魔術について教えてもらうことにした。

　僕はこのことの元凶である女神を許さない。だけど、女神を殺すためには聖王国を相手にしなければならない。当然聖王国の奴らも許さない。そのための力は、夢でのダルクスの戦いを見た限り、同じ能力を持っている僕にもあると思う。

ただ、それを扱うだけの技量と知識を持ち合わせていない。自分で思いつくほど賢くもないし。だから、この力に詳しいダルクスに教えてもらうことにした。その方が今後のため役に立つ。

ここに来る前に、母さんの遺体の埋葬をして来た。

僕はてっきり村に置いて来てしまったと、後悔していたのだけど、ダルクスが気を利かせて僕と一緒に運んでくれたのだ。しかも、傷なども治した綺麗な姿で。死んでいると知らなかったら眠っているんじゃないかと思うほど穏やかな表情を浮かべていた。

あんな仕打ちをされて、どうしてこんな顔ができるのかわからなかった部分もあるけど、それよりも、僕なんかのせいで死んでしまったことに対する悔しさと、最後は僕に向けて微笑んでくれた嬉しさが混ざり合っている。

ただ、もう二度と会えないと思うと涙が止まらないのだけど。この狭間の世界で遺体を埋葬した時も、ずっと止まらず泣いていた。そして、母さんの墓に誓ったんだ。必ず復讐すると。

「まずは魔力を自分で使えるか？　これは魔法でも魔術でも基本だ。自身の魔力がわからなければ、どちらも使うことはできない」

母さんのことを思い出していると、ダルクスが魔力について確認してきた。ダルクスの言葉に僕は大丈夫だと、手のひらを上に向けて見せる。同年代のなかでは一番練度が低いけど、それでも最低限のウォーターなどは使える。

「よし、それなら、耳に魔力を集めてみろ。そうすると暗黒魔術師のお前なら死者の声を聞くことができるはずだ」

僕はダルクスに言われた通りに耳に魔力を集める。すると、頭が割れそうなくらい声が入って来た。な、なんだこれは!?

「聞こえたか？　それはここにいる死霊の雄叫びだ。もう、自我のない魂はただ叫ぶだけだが、偶に死してなお自我を持つ魂がある。ただ、そいつらを下僕にするならかなりの魔力が必要になるから気を付けろよ」

　これが死者の叫び。頭にガンガンと響く。怒号、怨嗟、絶叫、様々な叫び声が次々と頭に鳴り響く。普通ならこれを聞いただけで発狂しそうだが、痛みに慣れた僕には耐えられる。皮肉なことに。何百という人間に体中をナイフで刺されるより断然マシだ。

　頭に響く叫びを聞き流しながらも魔力を放出し続ける。その時、その魔力に自分の怒りを乗せる。聖王国、女神に対する怒りを、憎しみを。

　さあ、僕と一緒に復讐したい者、暴れたい者はいないか!?　今ならそのための力を与えてやる！さあ、どうする!?

　僕は魔力を放出しながら死者たちに問いかける。後ろでダルクスが話しかけてくるが、今はそれどころではない。より広く、より濃く放つ。

　すると、この魔力に反応があった。僕は反応があった魂に魔力を注ぎ込む。うおっ!?　注ぎ込んだ瞬間、物凄い量の魔力を持って行かれる！　歯を食いしばり、吐きそうになるのを我慢し、気を失わないように耐える。

　すると、僕の魔力に反応した魂が2つ近づいて来た。たった2つ。これだけ死者の魂があるなかでたった2つだけど、それは仕方ない。だって、元々自我のある魂を呼ぶために魔力を放出したのだから。

今、暗黒魔術を使ってみてわかったけど、自我のない魂は魔力さえ注げばいつでも操れる。自我のある魂も、魔力で無理矢理押さえつければ同じことができるけど。

今回はそういうのじゃなくて、僕の目的に賛同できる自我のある魂を探した。僕と同じように聖王国に恨みのある魂を。

僕はやって来た魂に更に魔力を注ぐ。すると、半透明の魂から生前の姿へと変えていく。片方は地面から這い上がって来た首無し騎士に魂が入り肉体を得て、もう片方はレイスから実体化した。

首無し騎士は手に自分の頭を持っているのだけど、見惚れるほど綺麗な女性の頭だった。ウェーブのかかった長い金髪が揺れている。

もう片方のレイスは、ボサボサの茶髪をした男性だった。物凄く怠そうに僕を見てくる。どちらも年は20代ほどだ。

……今までは信じられなかったけど、こんな力が僕にはあったのか。あんな目に遭う前ならこの力に恐怖していたけど、復讐しかない僕にはこれ以上ない力だ。目の前に佇む2人を見て思わず笑みを浮かべてしまった。僕が蘇らせた2人はそれぞれ自分の肉体を観察している。茶髪の男性の方は普通に自分の手足を見るのだが、首無し騎士の女性の方は、自分の頭を掲げて自分の体を見えるようにしていた。美人な女性が生首を掲げる姿はなんだかシュールだ。

「おおっ！　何年振りかの肉体だ！　しかも生前よりも体が軽いぞ！」

女性はそう言うとその場で跳んだりして、体の調子を確認していた。少しすると自分が見られていることに気が付いたのか、恥ずかしそうにする。

「こ、これは失礼した、マスターよ。我が名はリーシャ・アインスタイン。元はフィスランド聖王国聖騎士団長をしていた。再びこの世に蘇らせてくれたマスターに忠誠を誓う」

……なんだか物凄く堅そうな人だな。片膝をついて騎士の礼をする姿はかっこいいのだけど。その横に立っている男性の方は、そんな首無し騎士、リーシャを見て面倒臭そうに口を開いた。

「あ〜、僕の名前はクロノ。ただの平民だからこの生首騎士みたいに礼儀はないけど、まあ、よろしく、ボス」

2人のテンションの差が激し過ぎる。物凄くキラキラした目で見てくるリーシャに、物凄く眠そうにしているクロノ。なんだか不安になる2人だな。

「僕の名前はハルト。魔力で伝わったと思うけど、僕は聖王国へ復讐するために君たちを蘇らせた。君たちはなんのために下僕になったんだ？」

2人は僕の意思に賛成したから、僕の魔力を受け入れてここに来たんだ。なら、なんのために彼女たちが僕の意思に賛成したのかを知りたい。ただ、生き返りたいとかだったら消すだけだけど。

「ふむ、それは当然だな。私が受け入れた理由は、今もいるかわからないが、聖王国で聖騎士団長をしている家系を潰したいためだ。見た目の通り私は若いがそれなりの実力を持っていた。それを、当時私の部下にいた副団長が妬んだのだ。自分が女で若い奴に負けるわけないと。その結果、私の家は無実の罪を着せられ、家族全員死刑となった。ただ、死刑になっただけなら、権力争いに負けたと諦められるのだが、あの男は、私の妹たちを！」

……なるほど。そこまで言われれば恨む気持ちもわかる。次を促すためにクロノを見ると、

「僕は自分の実験を聖王国に取られたんだ。物に魔法の能力を付与する方法を。その方法を聖王国に話すと、担当の奴が相談すると言って持って行ったんだけど、いつの間にかその担当の手柄に

なっていたよ。まあ、あの時の僕が安易に教えたのがまずかったんだけどね。その研究の成果で手に入れたお金で妹の病を治すつもりだったんだけど、当然金は入らず、妹は死んだ。その後、残りの研究成果を僕から盗むために、その担当の奴が刺客を放って僕を殺させたんだ。だから、僕の願いは彼女に少し似ているかな」

クロノはもういいかな？　と言いながらそっぽを向いてしまった。なるほど、2人ともそれなりに恨みは持っているみたいだ。それに2人から感じる力はかなり高い。

聖騎士団長をしていたリーシャは当然としても、平民であるクロノも魔法師としてはかなりの才能があるのだろう。これはいい拾い物をした。

「君たちが僕の意思に賛成した理由がわかった。これからは僕の手足となってもらう。ただ、今すぐ出て行っても数の暴力に僕たちは勝てない。それは2人とも理解しているはずだ」

2人は僕の言葉に頷く。彼女たちは数人程度なら余裕で殺せるだろうけど、それが国レベルになれば話は違う。聖王国はこの世界で一番大きな国だ。たとえば人口1000万の国に喧嘩を売ろうと思えば、最低でも100万の兵士が欲しい。

だけど、今の僕じゃあダルクスのような大軍は作れない。いくら神の力の一部を持っていたとしても、それを使う僕の能力が低ければ、ただの宝の持ち腐れだ。

まずは魔力の底上げだな。今はリーシャとクロノを蘇らせただけで、僕の魔力は枯渇している。実は立っているのも辛い。こればかりは何度もやって耐えるしかないね。

幸い、この空間ならいくらでも実験ができる。ついでに兵士も増やせるし。指を切られるより辛くはないだろう。

暗黒魔術に関してはダルクスに教えてもらうとして、後はリーシャに近接戦闘を教えてもらおう。僕自身が少しでも戦えるようになっている方がいいだろうし。

クロノには世界のことを調べてもらおう。聖王国を攻めるにしても足掛かりとなる土地があった方がいいだろう。それに村の奴らも殺したいし。

まずは、

・自分の戦力アップ（リーシャに近接術、ダルクスに魔術）
・クロノに世界の情勢を調べてもらう（足掛かりとなる土地の選定）

この2つを直近の目標にしよう。早く動きたいが、僕は才能もなければ実力もない。このまま攻めても勝てるわけがない。少し考えて動かなければ。

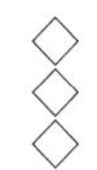

ハルトが行方不明になって1ヶ月が経った頃。

「レグル！　そっちに行ったぞ！」

「わかってるよ！　クソが！」

「危ないっ！　ホーリーショット！」

スケルトンと鍔迫(つばぜ)り合いをしているレグルの後ろに迫るレイス。レイスに物理攻撃は効かないので、魔法で倒さないといけない。

私が放った光の弾がレイスに当たると苦しそうな雄叫びを上げながら霧散して行った。これでレイスは全部倒した。後はゾンビとスケルトンだけ。

レグルは鍔迫り合いをしていたスケルトンを盾で殴り、スケルトンが隙を見せたところを剣で首を切り落とす。

「ふんっ、聖光斬！」

ドオォン！　と、大きな音が鳴り響く。音のする方を見るとリーグが剣を振り下ろした格好で止まっていた。剣先辺りの地面は吹き飛んでいて、地面にはゾンビが何体も倒れていた。範囲攻撃でゾンビたちを吹き飛ばしたのね。

「ふぅ、これで全部か。ステラ、怪我はないか？」

「え、ええ、私は大丈夫よ。それよりも、他のみんなを治療しないと」

私がリーグの言葉を軽く流して周りを見ると、疲れ果ててその場に座り込む村人たち。それも仕方ないわね。こんなことが毎日続くのだから。

死霊系の魔物が村を襲い始めたのは、ハルトが謎の骸骨に連れて行かれた次の日からだった。私は、自分がハルトにしたことを後悔して部屋から出る気力もなかったのだけど、村人の子供が行方不明になる事件が起きたの。

その子供を探しに行った母親もその日に戻って来ず、魔物にやられたと判断した村長は、村のなかで実力がある者を10人ほど集めて、捜索隊を編成したわ。

その時は大人だけだったんだけど、3日後に捜索隊として出ていたうちの2人が大怪我をして帰って来たの。村の近くには森があって、怪しいと考えた捜索隊は、森の中へと入ったそう。そして、そこで見つけたのが、ゾンビだったらしいの。

それも、普通のゾンビより強い個体らしく、それが何体もいて、捜索隊はゾンビに囲まれて殆どが死んでしまい、1、2人は命からがらに逃げて来たという。

このことを重く見た村長は、村人が村から出るのを禁じて、自分は近くの町に救援をお願いしに行くことになった。

みんなも森に近づかなければ危険ではないと考えていたのだけど、その考えが甘いとわかったのは、2日経ってからだった。

村から出られずに暇をしていた村人たちの1人が、村に近づいて来る人影を見つけたの。それも1人や2人ではない数を。

その時は、村長が助けを呼んでくれたのか、と、喜んでいたのだけど、よく見れば体中が傷だらけなのがわかる。そう、村に向かって走って来たのはゾンビの集団だった。なかには骨だけの魔物スケルトンや、物理攻撃の効かない死霊レイスなど、様々な魔物が村へと向かって来たの。

村のなかで戦える人たちは、みんな武器を持ち総出で立ち向かった。その頃には大人だ子供だなんて言っている余裕はなくて、リーグやレグル、私も戦いに参加していた。

死霊系の魔物相手では私やリーグが使える光魔法がよく効くため、率先して戦った。それが今日で20日ぐらい経つ。

村人たちも、毎日毎日どこから湧いて来るのかわからない魔物たちに警戒して、心身ともに疲れ切ってしまっている。村長は1回目のゾンビが向かって来た時に、彼らの仲間となっていた。だから、いまだに救援が来ない。

誰も助けを呼びに行かないのは、みんな村長のようになりたくないから。村から出たら死ぬと思っているので、出る人はめっきりと減ってしまった。

それなら、リーグたちのように戦える人が助けを呼びに行ったらどうだ？　という話になったのだけど、その間に攻めて来たらどうするのだと、誰もその意見を受け入れてくれなかった。

このままだと、村の食糧は尽きて、彼らの仲間入りしてしまうことを入念に話しても、その間に攻めて来て殺されるより、他の村や町から救援を待った方がいいと、かなり消極的な意見しか出なかった。そのことも、私たちの精神を疲れさせているのでしょう。

終わりがわからない戦いほど疲れるものはないと、本にも書いてあったし。

それから、ゾンビたち魔物に襲われるようになってから、村のみんながある噂をするようになった。これは『ハルトの呪い』だというものだ。

この現象が起き始めたのは、ハルトが骸骨に連れ去られた次の日からだ。これは死者を操る力を持つハルトの復讐ではないのか？　と、みんなが口を揃えて言うようになったのだ。

その噂自体も不快なものだったけど、それよりもこんな危険な現状になってから、手のひらを返したように今からでも謝れば許してくれないか、とか、母親の葬式をちゃんとしてやれば許してくれる、とか。自分の妄想の域を出ない、ハルトに対して物凄く失礼な考えをし始めたのだ。

そんなことがあったりして、村のなかの雰囲気は最悪で、あまりに酷（ひど）い人は、他の家に盗みに入ったりして。

「お、おい、またなんか来たぞ！」

私が、前に盗みに入って見つかっていた男性のことを思い出していると、戦っていた1人が叫ぶ。

みんなが声の方を見ると、そこには全身が赤くなっており、爪はより鋭く、動きが速いゾンビが、村へとやって来たのだった。見ただけでわかる。あのゾンビが物凄く強くて危険なことが……。

「……ステラ、わかるか？」

「ええ、あれは危険過ぎる」

明らかに先ほどまで戦っていたゾンビたちとは雰囲気が違う。全身を血のように赤く染めて、鋭く伸びた爪。新しく現れたゾンビは、ふらふらとやって来たけど、私たちを見ると、走って向かって来た。

私たちはみんな、急いで立ち上がり武器を構える。赤色ゾンビは、近くにいたレグルの取り巻きの1人に襲いかかる。取り巻きの1人は掴みかかろうとする赤色ゾンビに剣を突き出すけど、素早い動きで取り巻きの剣を避けた。

そして、取り巻きの腕を掴む。長い爪が腕に食い込み取り巻きが痛みに油断した隙に、赤色ゾンビは首元に噛み付いた。

「てめぇ!!」

自分の取り巻きがやられたことにレグルが怒り、赤色ゾンビへと向かって行く。他のみんなもレグルに付いて行くけど、そんな安易に突っ込んじゃったら！

「おらっ！」

レグルは赤色ゾンビの視界を隠すように盾を突き出すが、その盾に向かって赤色ゾンビは殴りかかった。レグルの盾と赤色ゾンビの拳がぶつかると、片方が押し負けて弾(はじ)かれた。

負けたのは……レグルの方だった。盾が弾かれ体がガラ空きになったレグルに、ゾンビは再び殴りかかる。あんな一撃で殴られたらレグルが！

レグルを助けるために私は光の弾を放つ。これが当たればゾンビも怯むはず。そう思っていたけど、赤色ゾンビは私の光の弾が近づくのがわかると、レグルから離れて避けてしまった。

攻撃が当たらなかったのは悔しいけど、ゾンビをレグルから離せただけでもよしとしよう。

その間にリーグは赤色ゾンビへと迫る。赤色ゾンビもリーグは無視できないのか、リーグの動きを見ていた。

リーグは下から光り輝く剣を振り上げる。赤色ゾンビは左手で横に弾くけど、光が触れた箇所が音を立てながら溶けていく。

そのまま、リーグは横に剣を振るると、赤色ゾンビは爪でリーグの剣を受け止めた。そのまま、睨み合う2人。あのリーグと力で競り合うなんて。

両手で剣を握り押し込もうとするけど、赤色ゾンビは下がらない。それどころか迎え撃つように一歩踏み込んで来た。

そして、膨らむ頬。まさか！　と思った瞬間、ゾンビの口から何か吐かれた。危ないっ！　と、叫んだけど、リーグも膨らむ姿を見て予想が付いていたのか、競り合うのをやめて、赤色ゾンビから離れていた。

ゾンビの口から吐かれた物が地面に落ちると、音を立てて煙が吹き出る。地面を溶かしてるの？

「があっ!?」

みんながゾンビの吐いた物に気を逸らされていると、リーグの叫び声が聞こえて来た。声の方を見ると、片腕のない赤色ゾンビがリーグの体を殴りつけていたのだ。

あの一瞬に一体何があったのかと周りに聞くと、その光景を見ていた1人が教えてくれた。距離を取ったリーグだけど、その後を追うように赤色ゾンビが迫って来たみたい。

そこに、カウンターとしてリーグが剣を振り下ろすと、反応が遅れ避けきれずにいた赤色ゾンビの左腕を切り落としたように見えたらしいのだけど、今の光景を見ると違うのがわかる。

明らかに赤色ゾンビが意図して切られたのがわかる。そうじゃないと痛みに怯んでいるのにリーグに殴りかかることができるわけがない。自分から腕を切られたんだ、リーグの油断を誘うために。殴られて吹き飛ぶリーグ。手に持っていた剣も手から離れて光を失う。赤色ゾンビは地面に倒れるリーグに走って向かう。

このままじゃありリーグが殺される。なんとかゾンビの気を引こうと魔法を放とうと思った瞬間、ドドォン！　と、ゾンビに何かが降って来た。

その勢いにリーグは吹き飛ばされ、砂煙が舞う。何が起きたのか誰もわからないまま、砂煙を睨んでいると、そのなかから誰かが出て来た。ゾンビかと思ったけど、現れたのは20代くらいの爽やかな男性だった。

体中に雷を迸らせながらこちらに向かって来る男性。男性が降って来た場所の地面は抉れて、赤色ゾンビは跡形もなく消し飛んでいた。みんなが呆然と男性を見るなか、男性は私の前で片膝をついて、

「お迎えにあがりました、聖女様」

私の手の甲に口付けをしてきたのだった。

◇◇◇

「わぁーお、凄いねあいつ」

「何見てるんだ、お前」

「ダルクスのおじさん。これは僕が作った映像装置。使い魔の見ているものを映すことができるんだよ」

「ああ、この前俺に頼んで外に出した使い魔か」

俺の言葉に頷くクロノ。こいつ、いつの間にそんなもん作ってんだよ。俺らの時代にはこんな天才いなかったな。もしかしたら変人と呼ばれていたあいつらがそうなのかもしれねぇな。

「それで何見てんだよ？」

「ん？　ボスがいた村だよ。どうせここも滅ぼすんでしょ？　それなら見ておいた方がいいなと思って見ていたんだけど、この村呪われちゃってるね」

「あ〜、そりゃあ仕方ねぇだろう。ハルトの奴が感情に任せて力を使ったからな。あれがなかったら俺もハルトに気が付かなかったが、魔力から漏れた瘴気に大地が汚染されている。死霊たちには至福の場所だろう」

しかし、あの程度の汚染で済んでいるのは、やはり聖女がいるからだろうな。無意識に瘴気を浄化してやがる。それでも瘴気の汚染の方が早いが。

「それに変な奴も出て来たし」

そう言いクロノの指さす先には雷を纏(まと)った騎士がいた。リーシャなら倒せるだろうが、ハルトにはまだ厳しいな。俺はハルトたちの方を見ながら思う。

「カタカタカタカタ！」

「うおっ⁉」

「あっ！　こら、マスター！　逃げてばかりではなくて攻めなくては！　そんなんでは敵には勝てんぞ！」

「そんなこと言ったって、剣を振りかざしているスケルトンがあばら骨飛ばして来るなんて思わないだろ！　戦闘初心者を舐(な)めるな！」

……まだまだ無理だな。


「うおおおおっっ‼」

「「「カタカタカタカタ！」」」

「ほらっ！　マスター、もっと速度を上げろ！　そんなスピードだと、スケルトンたちに踏まれるぞ！」

くそっ、リーシャの奴！　自分はスケルトンホースに悠々(ゆうゆう)と乗りやがって！　お前も一緒に走れっていうんだ！

「おー、ボス頑張ってるねー」

クロノに至ってはダルクスと一緒にお茶なんかしやがって！　って、痛(いて)え！　クロノたちの方を見ていると、突然頭に衝撃が走る。少し後ろを見ると、何かを投げたように腕を振り抜いている格好をしているリーシャの姿があった。

……あいつ、何か投げやがったな。その衝撃でバランスを崩して地面に倒れた僕に迫るスケルトンども。あっ。

「「「カタカタカタカタ！」」」

「あっ、マスター……」

「あらら、踏まれちゃった」

……リーシャの奴、絶対に許さねえ。

「いやー、すまなかったマスター。つい熱が入ってしまって」

あはは一、と笑うリーシャ。僕はにこやかなままリーシャに近づき、体からリーシャの頭を引っこ抜く。そして、そのまま思いっきりぶん投げる！

放物線を描きながら飛んで行くリーシャの頭。少しずつか細くなるリーシャの叫び声が聞こえて来る。そして、その頭を追って走る首無しの胴体。しかも何気に速い。地面スレスレで滑り込んで取ったぞ。

「どうぞ、飲み物です」

そんなリーシャを見ていると、横からスッと現れるナタリア。そして手渡されるコップ。この空間にこんな上等な物どこにあったのだろうか。しかも、ナタリアが作る物はすべて美味しい。

「……」

「……」

なんだか、物凄くじーっと見てくるんだけど。なんだ？　気にせず飲もうとしても、ずっと見てくる。気にするなという方が無理だ。

「……なんでそんな見てくるんだよ？」

「いえ、特に理由はありません」

「……」

「……」

なんなんだよ!? 無言のまま動かなくなったナタリア。もうよくわからん。なんとか気にしないようにしながらナタリアから貰ったお茶を飲んでいたら、

「マスター！ 人の頭を投げるなんて酷いじゃないか！ 危うく地面に落ちて割れるところだったぞ！」

と、怒りながらのっしのっしとリーシャが歩いて来た。まるでボールを脇の間に挟んで持つように自分の頭を持ちながら、僕に向かって指をさしてくる。

「初めに投げて来たのはお前だろ？ 投げ返して何が悪い」

「投げる物が違うだろ！ 私が投げたのは骨だ！ それに、私の綺麗な顔に傷が付いたらどうするんだ！」

「自分で綺麗って言うなよ。それから、胴体から頭が取れる奴は綺麗じゃない」

「何っ!? それじゃあ、マスターは普通の人間の方がいいのか!?」

……なんでそんな話になるんだよ。しかし、普通の人間か。こうなる前はステラのことが好きだった。それ以外にも綺麗な女性や可愛い女の子を見ると興奮もした。

でも、今は？ と言われると……無理だな。もう憎悪の対象でしかない。あいつらとは関係ないとしても、無理だ。せめて隷属契約をしてないと。まず信用ができない。

それと比べたら、リーシャは……首が取れるのを我慢すればかなり綺麗だ。胸も大きくてスタイルもいい。ただ、腹筋が割れているのがマイナスだが。前に素っ裸の首無しの胴体が立っていた時は流石にびっくりしたからな。

それに、こいつは僕の配下だ。僕には逆らえないし、僕を裏切ることはない。僕が死ねばこいつも消えてしまうからね。そう考えたら、僕は奴隷か配下しか愛せないのかもしれない。こういうところも狂ってしまったのか。

「マ、マスター？ 急に難しい顔をしてどうしたのだ？ お腹(なか)でも痛いのか？」

「……食べ過ぎて腹を壊すお前と一緒にするな。なんでデュラハンが腹壊すんだよ」

「し、仕方ないではないか！ ナタリアの料理が美味(うま)いのが悪いのだ！」

恥ずかしいことを指摘されて逆ギレするリーシャ。しかし、こんなアホな奴でも頭はいいし、色々と知っている。クロノやダルクスが物知りのせいで目立たないが。

「できたよ、ボス」

怒るリーシャを宥(なだ)めていると、クロノがやって来た。後ろにはダルクスもいる。そして、クロノから手渡されたのは黒い腕輪とネックレスだった。

「おっ、これがダルクスが話してたやつか？」

「そう、1つが剛力の呪輪。普通の数十倍の筋力を得ることができる。その代わり、着けている腕に常に激痛が走るようになる。もう1つが吸魂のネックレス。殺した相手の魂を吸収することで保有魔力量を増やせる。その代わり、吸収した魂の叫び声が聞こえて来るらしい」

なるほど。それなりの効果を得る代わりに、どちらも呪われている。僕は迷いなくどちらも着ける。腕輪は左腕に。すると、左腕に尖(とが)った物が突き刺さる感覚が走る。それも、腕全体に。かなり痛いけど、ナイフを全身に刺された時に比べたらマシだ。普通の人間だと痛みで死ぬかもしれないけど。

それからネックレスを着けると……何も聞こえてこない。僕がクロノを見ると、

「当たり前だよ。まだ、1つも吸収されていないんだから」

……それもそうだ。魂がないのに叫び声が聞こえて来るわけがないか。この空間にいる魂を吸収してもいいけど、まずは腕輪の性能を確かめたいな。

「クロノ。僕が住んでいた村がある国から離れたところで、どこかいいところはないか？」

「それなら、最南端の国がいいんじゃない？　人口50万ほどの小さな国『メストア王国』。そこなら、ボスがいた国『アンデルス王国』から結構離れているよ」

よし、それならそこにしよう。この2つの道具の性能を確かめさせてもらう。

「……ふぅ、久し振りの外だ」

それから、ダルクスに生と死の狭間と世界を繋(つな)ぐ穴を作ってもらってやって来たのは、メストア王国のどこかの村の近くの森。いきなり町なんかに行っても数に負けるだけだし、まだ、攻める時じゃない。

それに、今回は腕輪の性能の確認と吸魂のネックレスに魂を入れるのが目的だ。あんまり派手にやり過ぎても、後々に手間が増えるだけだしな。狭間の世界にいれば見つからないだろうけど、それでも用心に越したことはない。

「おおっ！　久し振りの外だ！　この香り、懐かしいぞ！」

……こいつが面倒なことをしなければだが。

「リーシャ、わかっていると思うけど、目的は僕の力を試すことだから。羽目外し過ぎないように」

「わかっているさ、マスター。私も普段と戦時の区別ぐらいはつけている。それに、この近くの村から感じる魔力では、マスターだけで十分だ。私が出る幕はない」

まあ、わかっているならいいや。僕は地面に手をつき魔力を流す。この森に眠る死体を探す……やっぱり魔物が棲んでいる森は死体もあるね。

見つけたのはウルフの骨が5体、ゴブリンの死体が12体、レイスが8体か。まあまあの数だ。他にもまだあったけど、村程度ではこのぐらいでいいはずだ。

「おお、修行の成果が出ているな、マスター。毎日訓練用のスケルトンを作っているだけある」

「この程度はな。だけど、これでもまだまだ足りない。道のりは険しいよ」

「なに、どんな壁が立ち塞がろうとも、マスターの剣である私がすべてを貫いてやろう」

そう言いながら胸を張るリーシャ。こういう風に堂々としているところはかっこいいと思う。あんまり褒めると調子に乗るだろうから言わないけど。

「そうかい。それなら頼りにさせてもらうよリーシャ。さて、お前たち。この近くに村があるはずだ。そこへと向かえ。人間は殺さずに動きを封じるだけでいい」

僕の言葉にカクカクカタカタと頷く死霊たち。うーん、あまりわかっていなさそうだな。ダルクスも言っていたけど、自我のない魂を使った魔物は簡単な命令しかできないらしいし。

僕が命令をすると走り出す死霊たち。まあ、殺したとしても魂が手に入るから構わないが。よし、僕もクロノから渡された仮面とローブを着けて行くかな。どちらも変哲もない普通の物である。

それで僕の変わった容姿を隠す。生まれた時は茶髪に茶色の瞳をしていたのだけど、いつの間にか髪の毛は真っ白になっていて、目は真っ赤に変わっていた。ダルクスによると普通では味わわない痛みやストレスが原因ではないかという。多分、捕らえられていた時の拷問や、村でのナイフで刺されたこと、目の前で母さんが殺されたことが関係しているのだろう。別に見られてもいいけど、今は顔からバレるのを避けたいから、仮面とローブで隠す。

リーシャもいつの間にか顔を全部覆うフルフェイスの兜をかぶっていた。前世の名残かもしれないが白と金色で輝く全身鎧。月夜に照らされている姿は美しいが。

「お前、死霊にしては華があり過ぎるな。全身真っ黒の鎧に変えるか」

「なっ！　この鎧は聖騎士団長に任命された際に聖王から賜ったものだぞ！　それを脱ぐなど……」

「恨んでいる聖王国に貰ったものだぞ？」

「……あっ」

僕の言葉に考えるリーシャ。まあ、決めるのはリーシャだ。僕は仮面を着けて村へと向かう。既に叫び声や怒鳴る声が聞こえて来るから戦闘は始まっているのだろう。

「ほら、リーシャ、行くよ。僕の剣になってくれるんだろ？」

「むっ、そ、そうだな。行こうか」

しばらく森の中を歩くと漂って来る血の匂い。この匂いにも慣れてしまったな。まあ、自分の血の匂いでだけど。

「早く！　戦えない者や女子供は逃がせっ！　男たちは盾になれ！」

「くそっ！　このスケルトンドッグ速い！　そっちに行ったぞ！」

「誰か魔法が使える奴はいないのか！　レイスが来るぞ！」

「く、来るな！　来るなぁぁぁっ！」

おうおう、これは中々激しく争っているじゃないか。ゴブリンゾンビが3体ずつ、4方向から攻めて、スケルトンドッグが自由に動き回る。レイスが空から逃げ場を封じていた。こんな命令はしていないけど、本能でやっているんだろうな。

この村はどうやら戦える者が4、5人程度しかいないようだ。実力も僕の村にいた連中より低い。村の中央で戦っている者と、逃げる者を率いている者、力的には率いている方が強いな。

僕たちは逃げる方へと向かう。小さな村だから少し回るように歩けば辿り着く。そこには20人ほどの女子供に、生き残った最後のゴブリンゾンビを叩き切る老齢の騎士がいた。

「おお!!　流石ロウレイさんだ！」

「ロウレイおじちゃんカッコいい！」

「皆の者、それでは行くぞ。他の男たちが時間を作ってくれている間に隣の村……何奴だ！」

近づいて来る僕たちに気が付いた騎士が剣を向けてくる。うん、この人になら腕輪の力を試すことができそうだ。

「なに、怪しい者ではないよ。ただ、彼らを操っている主とでも言っておこうか」

「なっ！　それじゃあ、この村を襲ったのはお前か！　一体なんのためにこの村を襲う！　金か？女か？」

……なんか1人で熱くなる老騎士。年寄りの昔話を聞くのは好きだったけど、今は耳障りな雑音でしかない。

「どちらも今はいらないな。僕が欲しいのは実験体とお前たちの魂だけだ」

僕はそう言いながら稚拙(ちせつ)な暗黒魔術を発動する。攻撃系はまだそこまで得意じゃないけど、両手に黒い球を作り老騎士に向かって放つ。

老騎士は、体に魔力を纏わせて黒い球を避けながら向かって来る。確か魔力を纏って身体能力を上げる技だったかな。だけど、断然リーシャの方が速い。

リーシャは、戦いはまず目で慣れろとか言って、速度は本気で来るからな。いまだに目では追えない速さだ。そのおかげで、老騎士の動きは遅い遅い。

すぐに殺せるけど、腕輪を着けた状態でどの程度動けるか試さないと。切りかかってくる老騎士の剣を手で掴む。その瞬間、パキン、と剣が折れる。

「なっ⁉」

「なっ⁉」

老騎士と同時に驚く僕。いや〜、びっくりした。殆ど力を入れずに軽く握っただけなのに剣が折れたぞ。これは力加減を練習しないと。

僕が自分の手を見ている間に、距離を取る老騎士。折れた剣は使えないと思ったのかその場に捨てて、懐からナイフを取り出して構える。

よし。次は自分から攻めてみようか。足に力を込めて踏み出す。すると、今までとは比べ物にならないくらいのスピードが出た。毎日リーシャに走らされたせいで、こっちは加減ができている。

目の前には老騎士が目を見開いていた。驚き過ぎだろ。戦闘初心者の僕でも、それがダメなことがわかるよ。

老騎士に向かって殴りかかろうとした時、

「うおっ!?」

僕の足に何かが引っかかった。この感じは……自分で自分のローブを踏んだらしい。バランスを崩して老騎士ではなく、地面を殴ってしまった。その瞬間、弾け飛ぶ地面。同時に右腕に響く衝撃。痛え！　腕が折れた！

「……マスター。加減を知らないのか？」

後ろで呆れたような声を出すリーシャ。加減ぐらい知っているよ！　くそ、慣れてないから力加減を間違えただけだ。僕は治癒魔法で腕を治す。

ダルクスに教えてもらったけど、人間って魔力を流すだけである程度の傷は回復するらしい。確かに魔力が高い人は、傷が治りやすいというのを聞いたことがあった。それをより回復しやすくしたのが、治癒魔法なんだとか。

これから死体を使ったりするお前も覚えておけ、って言われて基本は覚えたけど、まさか初めて使うのが死体ではなく自分とは思わなかったね。

だけど、腕輪の力は少しわかった。もう少し試したいけど、地面を殴った衝撃で吹き飛ばされた老騎士は、もう半死の状態だ。足なんて違う方に曲がっているし。

さて、次はネックレスの方を試させてもらおうかな。

「貴様ら、こんなことをして済むと思っているのか！」

腕を縛られた老騎士が何か喚いてくる。僕はそれを無視して、ゾンビやスケルトンを新たに作って村人たちを村の真ん中に集める。女子供たちは周りをゾンビやスケルトンに囲まれて不安なのか、泣き叫ぶ者もいれば何かぶつぶつと唱えている奴もいる。

男どものうち、戦闘に参加していた何人かはゴブリンゾンビに切られて死にかけている。まだ生きているのは僕の命令を聞いたからだろう。

老人たちは既に諦めているのか、一様に暗い顔をしている。さっきも、僕に殺されるくらいなら自分で死ぬと暴れた老婆がいたし。面倒だからゴブリンゾンビに取り押さえてもらったけど。

「この地の領主、アトラ様がお前たちを放っておかないぞ！　民に優しいあの方がこのことを知ればお前たちなんぞ！」

……本当にうるさい老騎士だ。普通に殺しても構わないのだが、ここは手下にしよう。僕はいまだに喚く老騎士の喉元を掴み引きずる。

他の村人たちは僕の行動に怯えながらも、何も言ってこない。矛先が自分たちに向かないように黙っているのだ。

そして、村人全員が見える位置に老騎士を転がす。咳き込みながらも喚こうとするので顔を踏みつけて。みしみしと音がなっているが、老騎士が黙ったのでよしとしよう。

「今からこの老騎士を殺してゾンビに変える。この老騎士を助けてほしいか？」

僕の言葉に頷く村人たち。だけど、次の僕の言葉にみんなが顔を背ける。それは、

「なら、この老騎士の代わりに誰か1人犠牲になれ。そうすればこの老騎士を助けてやろう」

身代わりを差し出すことを提案したからだ。そうすると案の定みんながみんな顔を背ける。しかし、そのなかでも出て来た者がいた。それは、年端もいかない女の子だった。

「ロ、ロウレイおじちゃをいじめないで！」

そう言い僕の足を叩く女の子。当然、何も痛みはない……ふむ。

「なら、お前がこの老騎士の代わりになるか？」

「なっ!? ま、待ちやがれ！　俺の娘に手を出したらぶっ殺すぞ！」

「あ、あなた、やめなさい！　それにルシーも戻って来なさい！　お、お許しを。許してください！」

僕が女の子に尋ねると、女の子の親だと思われる2人の男女が叫ぶ。男の方は顔を赤くして今にも飛び出して来そうだったが、隣に座る妻の方がなんとか止めようとする。

「なら、お前たちどちらかが犠牲になるか？　そうすれば助けてやる」

僕の言葉に再度言葉を詰まらせる夫婦。所詮そんなものだ。どうせ自分の命が大切なのだから。

まあ、女の子をゾンビにするのはやめておいてやる。そんなことをしても戦力にはならないからな。

ここはネックレスの糧となってもらおうと思い、女の子に手を伸ばそうとしたその時、

「や、やめろ。私が犠牲になればいいのだろう？」

と、足元から弱々しい声が返って来た。下を見ると、僕が踏み過ぎて口の中が切れたのか、口から血を流す老騎士が僕を睨みつけていた。

「まあ、そういうことだね。それじゃあ、老騎士が死ぬってことで構わないかな、村の皆さん？」

僕の再度の呼びかけにも反応しない村人たち。僕は暗黒魔術を足から伝わらせて老騎士へと注ぐ。

老騎士の体を黒い靄が覆い、口や鼻、耳から老騎士の中へと入って行き……。

今はもう踏んでいないけど、老騎士は立ち上がることなく苦しんでいた。そしてしばらくするとピタリと動かなくなる。同時に僕は老騎士の体から魂を貰った。

どうやら、ネックレスが勝手に吸収してくれるみたいだ。その瞬間には、老騎士の叫び声が聞こえて来る。うるさいがこの程度ならそのうち慣れる。それに、まだ1人だが、魔力の量が増えたのがわかる。

「グルルゥ」

お、完成したな。老騎士の体は青紫色に変わり、生前より一回り大きくなっている。ゾンビナイトの完成だ。ゾンビナイトは怯える村人を見つけるとすぐに襲おうとするが、命令して止める。こいつらはまだ利用価値があるからね。

それから僕は死にかけている村人のところへと行く。人数は3人か。この3人も老騎士と同じように魔力を注ぐと、ゾンビに変わった。まあ、弱いがいいとしよう。

「ふむ、それでこれからどうするのだ、マスター。こやつらを始末するのか?」

僕がやり終えたと思ったのか、今まで見物に徹していたリーシャが尋ねてくる。リーシャの言葉に更に怯える村人たちだが、

「いや、こいつらは生かす。突然村人全員が消えたら騒ぎが大きくなるからな。数人程度なら魔物に襲われたと言っておけばいいし。おい、村長は誰だ」

尋ねた言葉に一斉にある方を見る村人たち。その先には怯える禿(は)げた男がいた。あいつが村長か。周りは早く前へと出て来いと、村長を無理矢理進ませる。そして、僕の前に立つと、怯えた目で僕を見てくる。

「お前たちはこれから何もなかったように普通の生活をしろ。その間、今日のことは他言無用だ。もしこのことがバレて討伐隊でも来たら、その時はお前たちも道連れだ。こいつらは監視も兼ねて

いるから、何かあれば僕に伝わるようになっている。わかったな？」

僕の言葉に頷く村人たち。こうは言うが当然裏切りは想定している。それどころか裏切らないはずがない。だから、監視としてゾンビナイトを置いて行くことにした。

もし、ゾンビたちが倒されても痛手にはならないし、僕にも倒したことは伝わって来る。その時こそ、この村を滅ぼせばいいんだ。ゾンビナイトたちは老騎士が住んでいた家に押し込める。あまり表立ってはいられないからな。他の村人たちもそれぞれの家へと帰って行った。暗黒魔術の催眠を軽めにかけたのもよかったのだろう。

「リーシャ、ここを足掛かりとしよう。ここから北上して行き、最終的には聖王国だ。どうだ？」

「いいと思うぞ。まあ、私はマスターが歩む道の後ろを付いて行き、いざという時は前に立ち剣を振るうだけだ。ただ、まだまだ訓練はせねばな。なんださっきの戦い方は！　力任せ過ぎてつまらなかったぞ！」

くっ、戦闘に関しては何も言えない。それから、リーシャの小言を聞きながらも村を後にした。今回は腕輪とネックレスの力を試せてよかった。これをもっと使いこなせるようにしなければ。

「……ここが聖都」
私は初めて来る聖都に驚きを隠せなかった。高さ20メートルを超える強固な壁を抜けると、すべて白を基調とした建物が立ち並ぶ。そして、何より驚いたのが、見渡す限り人、人、人。人で溢れ

かえっている。

「きょ、今日は何かお祭りでもあるのですか？」

と、隣にいる美青年、アルノード・スライスサーさんに思わず尋ねてしまったほどだ。

アルノードさんは2ヶ月前に村へ聖女である私を迎えに来た聖王国の聖騎士だ。村が死霊系の魔物に襲われて、リーグも危険になった時に助けてくれた人だ。

そして、アルノードさんに教えてもらい知ったことなのだけど、私たちの村は瘴気に汚染されていたみたい。原因はわからないかと聞かれたけど、思いつくのは1つしかなかった。

ハルトのことを話してもよいのか迷っていたけど、村の人たちがみんな口を揃えてハルトのことを話してしまったので、隠せなくなってしまった。

村の人たちの話を聞いたアルノードさんは、連れて来た兵士の大半をこの村に残してくれること、更に瘴気を浄化させるための神官を来させることを約束してくれた。その代わりに私が聖王国に行くことを約束させられたけど。

私の両親は諸手を挙げて喜んだ。理由は私が聖女として国の役に立てるから……ではなくて、アルノードさんから莫大なお金を渡されたから。しかも、毎月送られて来るとか。

それを貰った両親は目の色を変えて私に聖王国へ行くように言ってきた。正直に言うと自分の両親なのに気持ち悪いと思ってしまった。

でも、丁度よかったと思ってしまう私もいる。この村にいればどうしてもハルトにしたことを思い出してしまうから。一旦村から出て落ち着いてから、またハルトのことを考えようと思う。

そのためにまずは、聖王国で神官が言っていた聖王国を攻めた悪魔のことを調べようと考えた私は、アルノードさんに行くと伝えた。そして2ヶ月かけてやって来たのだ。

　本当は私たちが住む国、アンデルス王国からひと月ほどで行けるのだけど、旅に慣れていない私たちのためにゆっくりと進んでくれたのだ。

　因（ちな）みに私たちというのは、私が聖王国に行くのにリーグも付いて来たからだ。まあ、リーグが来るのは当然なのかもしれない。リーグの職業は聖騎士。同じ職業を持つアルノードさんに付いて来たかったのかもしれない。

　少し前のことを思い出しながらアルノードさんを見ると、何故か物凄く笑いを堪（こら）えていた。わ、私何か変なこと言ったかしら？

「いや、すみません。聖都ではこの人の多さが普通なのですよ。こればかりは慣れてもらうしかありませんね。それに、聖女様のお披露目の時はもっと人は増えますよ」

　そう言って微笑んでくるアルノードさん……それよりも、お披露目って何？　そんなの聞いてないんだけど。

「それでは、聖王様もお待ちになっていますので行きましょう」

　私の疑問を他所に馬車を進めるアルノードさん。はぁ、なんだか色々と不安だなぁ。ハルトがいたら落ち着くのに……駄目だわ、弱気になったら。それに、私がハルトのことを思う資格なんてないのだから。

「ステラ、おばさんたちの元を離れて不安だと思うが、俺が付いている。だから、俺を頼れ」

　そんな私の表情を見て何を思ったのか、リーグがそんなことを言ってくる。慣れてない女性ならカッコいいと思うのかもしれないけど、リーグの悪いところ嫌なところを知っている私には響かない。

　私はリーグに軽く返事して、馬車から見える景色に意識を逸らす。所々に教会があって、神官の人が演説していた。

　そのなかで時折聞こえて来るのが、悪魔の出現と聖女の降臨という言葉だ。明らかに私とハルトのことを言っているのがわかる。

　ハルトの名前は出て来ていないけど、古の時代、聖王国を襲った悪魔と同じ力を持つ者が現れた、と声を高らかに叫んでいた。そして、その悪魔を封じるために聖女が降臨したと。

　そのなかで驚いたのが、3日後に聖王とともに聖女のお披露目があると、国中に発表しているのだ。さっきアルノードさんが言っていたお披露目というのはそういうことなのだろう。

　少し憂鬱(ゆううつ)な気分になるけれども、馬車は止まってくれない。いつの間にか一際大きな神殿のような場所に辿り着いた。こんなの見たことない。途中で立ち寄ったアンデルス王国の王宮ですらこんなに立派ではなかった。

　神殿の入り口にはシスターたちが立ち並び、その向こうから豪華な服を着た老人が歩いて来る。ニコニコと笑みを浮かべているけど、何を考えているかわからない目をしている。

「ようこそ、聖女様。私は聖王様の補佐をしております、マリンテ・エルマノールと申します。聖王様より枢機卿(すうききょう)を賜っております。以後お見知りおきを」

「は、はじめまして、ステラと申します。よろしくお願いします」

「ホッホ、なに、そこまでかしこまることはありませぬぞ。ここは我が家だと思ってくつろいでくださればば。それではまず、聖王様に謁見する前に長旅で疲れたでしょう。湯浴みの準備ができております。お前たち、ご案内して差し上げろ」

「はい。それでは聖女様、ご案内いたします」

マリンテ枢機卿がそう言うと、何人ものシスターが私の元へやって来る。持って来た荷物はすべてシスターが運んでくれて、私はただ後を付いて行くだけみたい。

「おっと、君はこっちだよ」

「なっ!? 放せ、アルノード！ 俺はステラを守るために来たんだ！」

「アルノード。なんだそやつは？」

「彼は新しい聖騎士です。悪魔との戦いに役に立つでしょう」

「ほう、新たな聖騎士か。うむうむ、今年は中々豊作のようじゃな。アルノード、そやつも身を綺麗にさせてから連れて来るのだ。一緒に聖王様に会わせる」

「わかりました」

私たちが何かを言う前に話が次々と決まっていく。そのまま、案内されて神殿に向かう私。とても煌びやかな神殿なのに、まるで怪物の口の中に入ろうとしているように感じるのは何故なのだろうか。それだけが物凄く不安だった。

神殿の中にある部屋に案内された私は、シスターの人たちに囲まれて、色々とされた。そして手渡された着替え用の服を見て思わず、

「……こんな豪華な服を着てもいいんですか？」

と尋ねてしまった。その言葉にニコッと笑う女性。彼女は服に合った装飾品を見繕うと言って、見たこともない装飾品が沢山入った箱を持って来ていた。

「構いません。この部屋に用意された物はすべて聖女様のものですから。何か足りない物があればすぐにご用意いたしますし」

そう答えながら、その服を私に着付けしてくれるシスター。名前は確かメディアさん。私の身の回りの世話を担当してくれる人らしい。

年は20代中頃で、茶色の髪の毛を後ろで1本の三つ編みにしていて、なんと言ってもかなり大きな胸が特徴。

さっきも湯浴みという、貴族しかできないお湯に入って体を洗うことをした時も、私の体に何度もぶつけてきたもの。私も年齢の割にはあるはずなんだけど、あれを見た後に自分のを見ると貧相に見えてしまう。

「これで大丈夫です。言葉遣いはあまり気にしないでください。偶に冒険者などが謁見に来ることがあるのですが、なかには敬語を使わない方もいますので。動きについては、先に中へと入る枢機卿の真似(まね)をしていただければ大丈夫です」

「わかりました。なんとか頑張ってみます」

ううっ、物凄く緊張するなぁ。領主様ですら謁見したことないのに、まさか、この世界で一番大きな国の王様と会うことになるなんて。ハルトなら緊張で倒れるんじゃないかしら。

ふふっ、簡単に想像ができちゃったわ。でも、あまり笑わないようにしないと。

「聖女様。お時間になりましたので参りましょう」

「わかりました」

ふぅ、ハルトの顔を思い出したら少し落ち着いた。今はどこに行ったかわからないけど、会って謝りたいなあ……ハルトは私のことなんて許してくれないだろうけど。それでも……気持ちだけでも伝えたい。

「おおっ！　これはこれは、なんと美しい！」

ハルトのことを考えていると、大きな声が聞こえて来た。少し驚いて下を向いていた顔を上げると、前には仰々しく手を広げるマリンテ枢機卿が立っていた。その後ろにはアルノードさんと、正装に着替えたリーグも。

「いやはや、歴代の聖女様もとても美しいと聞いていたのですが、今代の聖女様も伝承に負けず劣らずですな！」

「ハ、ハハ、ありがとうございます」

物凄く褒めてくるマリンテ枢機卿は、そのまま周りの騎士やシスターたちに色々と指示を出す。そして準備ができると歩き始める。

リーグが私に話しかけようとしてきたけど、アルノードさんが壁になるようにして近づけなかった。まあ、今のはリーグが悪いと思う。

周りの雰囲気からして、明らかに話しかけていいような雰囲気じゃないもの。現にアルノードさんですら出会ってから一言も言葉を発していないのに。

「さあ、ここが謁見の間ですぞ。私の後に付いて真似をしていただければ大丈夫ですので」

私はマリンテ枢機卿の言葉に頷く。何度か深呼吸をして緊張をほぐす。無礼にならないように気を付けないと。

マリンテ枢機卿が再び指示を出すと、開かれる扉。堂々と入る枢機卿の後に続く。謁見の間は圧巻の一言だった。

ガラス細工でできたシャンデリアがまるで星空のように天井で輝いて、玉座まで足が沈んだと感じるほど柔らかいカーペット。

左右には20人ずつぐらいの沢山の人が並んでいる。多分この人たちが聖王国の重鎮なのだと思う。そして一番奥には、玉座に堂々と腰をかける男性が。

金髪の50代ほどの男性。この人が聖王様なのでしょう。私たちは聖王様の元へ向かうために歩いて行くけど、周りからの視線が鋭くなっていく。うー、緊張する。

なんとかソワソワしそうになるのを我慢していると、マリンテ枢機卿はその場で片膝をつき頭を下げる。私たちもそれに倣(なら)い片膝をつき頭を下げる。

「聖王様、聖女様をお連れいたしました」

「うむ、ご苦労であったマリンテ枢機卿。アルノードも長旅ご苦労であった」

「勿体(もったい)ないお言葉です」

深々と頭を下げるマリンテ枢機卿とアルノードさん。そして次に私を見てくる。

「そなたが聖女か？」

「はい、ステラと申します。よろしくお願いします」

「うむ。我々もそなたの力を借りることになるだろう。遠慮なく申し付けるといい。我々はそなたを家族として迎えるぞ」

その言葉に、周りの重鎮たちはおおっ、と歓声を上げる。それからは形式的な話ばかりで、正直私たちはいらないんじゃないかとも思ったけど、なんとか謁見を無事終えることができた。

思ったよりあっさりとしていたけど、あの場に2時間近くいたみたい。緊張し過ぎて時間なんてわからなかった。でも、何事もなく終わってよかった。

「ご苦労でした、聖女様。本日はお寛ぎください。ご用があれば、聖女様付きとしたメディアにお申し付けください。明日にはお披露目の打ち合わせや、我が国の重鎮を集めた歓迎会を開く予定となっています。お忙しいとは思いますが、何卒よろしくお願いします」

謁見の間を後にした私は、マリンテ枢機卿に連れられてさっきの部屋に戻って来た。疲れている私を見て、労いの言葉をかけてくれる。

そういえばリーグとは謁見の間で別れた。何か言いたそうだったけど、話す暇もなかったので、そのまま別れた。

枢機卿が出て行った後、部屋にいるのは私１人。色々と疲れたけど、とりあえず聖王国に辿り着くことができた。新しい生活に、人の多さ。慣れないといけないことはいっぱいあるけど、頑張らないとね。

始動

「……最近、死霊系の魔物が増えている？」

見せられた報告書の内容を尋ねると、報告しに来たリシューネ領団長が頷く。

「ええ。特に南の辺境の地で見かけることが多いのです。商人が複数の村で死霊系の魔物が出入りするのを見かけています。ただ、少しおかしいのです」

「おかしい？　どういうことです？」

「商人から報告を受けた兵士がその村に向かうと、特になんの異常もなく平穏なのですよ。これが一箇所だけなら見間違いか勘違いだと笑って忘れられる話なのですが、同じ村から数度、他の村からも、大きいところでは港町であるフリンクからも同じような報告が上がっております」

「……明らかにおかしいですね。わかりました。兵士たちには申し訳ないのですが、各村に行って来てください。それからギルドの方にも調査依頼を。この死霊系の魔物が増えた原因を調べてもらいます」

「わかりました」

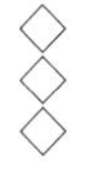

「うーん！　やっぱり魚は美味いなぁ～！　私は肉も好きだけど、魚も好きだぞ！」

「……ああ、そうかい。僕は目の前でそんな暴食されて逆に食欲がなくなってきたところだけどな」

目の前で右手にフォーク、左手にもフォークを持って二刀流で魚料理を食べていく大食い首無し騎士、リーシャ。

本当に元貴族だったのかと聞きたいくらい粗暴な食べ方で。美味しそうに沢山食べて、とは思えず、どうしてそんなに入るんだと軽く引いてしまっている。そのうえ、

「なんだ、マスター。食欲がないのか？　なら私が食べてやろう！　残すのはダメだからな！」

僕の料理にまで手を出しやがった。そのため、リーシャが食べ終わるまでの間、次々と料理が消えていく光景を見ているしかなかった。今更、料理を頼む気も、リーシャから貰う気もなかったし。

「ふう、食べた食べた。やはり港町はいいものだな。新鮮な魚を沢山食べることができる。昔、聖王国にいた時は、内陸部だったため川しかなく、それも川魚は泥臭くて食べれたものではなかった。商人が運んで来る海の魚は腐らないように塩漬けされた物ばかりで、塩辛くて味なんてないに等しい。そのうえ、運送料がかかりかなりの金額で、貴族のなかでも上の者しか食べることができなかった。私も聖騎士団長になって初めて食べたからな」

腕を組んで昔を思い出すリーシャ。僕は適当に聞き流しながら水を飲む。ついでに周りの声に耳を傾ける。店の客から聞こえて来るのは、最近兵士が多いとか、死霊系の魔物が増えたとか、領主がギルドに依頼しているとかだ。

ふむ、ここ数ヶ月はいくつかの村を回って来たけど、死霊たちが商人に見られていたか。村人たちには話したら殺すと脅してあるから話してはいないようだけど。

まあ、そろそろ頃合いか。この数ヶ月で吸魂のネックレスにはそこそこ魂も集まったし、死霊の

兵士も集まった。

今の僕の魔力量はネックレスを貰った時の100倍はあるだろう。それに、毎日のように暗黒魔術を使っているため、魔力の消費量を抑えたりできるようになった。

その元となる魂や死霊は、殺しても騒ぎにならない盗賊たちを重点的に狙った。別に慈善事業のためではない。盗賊は人里から離れたところにいることが多いから、目立たず死霊たちを使えるのだ。わざわざ生き残らせる必要もないし。

村人たちのなかに死霊を仕込んだのは、いつでも動かせるようにと、人質にするためだ。万が一バレて兵を送って来ても、村人を盾にすればそうやすやすと手を出してこないだろうし。

まずはこの領地を取る。兵士を増やすためには兵士を置く場所が必要だからな。そのためには、宣戦布告としてこの町を取ろうか。僕は足から町全体に暗黒魔術を流す。準備して眠らせていた死霊たちを起こすためだ。

僕の魔力に反応したリーシャもワクワクとした顔を見せてくる。ここのところ、スケルトン100体に囲ませて戦わせても、つまらんと言うだけだったから、久々の戦いが楽しみなのだろう。まぁ、今回のが戦いといえるのかわからないけど。

僕たちが立ち上がる頃には、町の中に叫び声が木霊(こだま)する。僕もゾンビたちを操るようになって知ったのだけど、こいつらって別に何も食べなくてもいいんだよね。そのうえ、体が強くなっているから、どんなことをさせても殆ど耐えられるし。

今回は、この町の下まで土中を掘って待機するように指示を出していた。とはいえ、簡単な命令しか聞けないゾンビたちだ。この位置まで掘れ、と言ってもわからないと思うので、クロノに頼んで僕の魔力が微弱に出る道具を作ってもらったのだ。

僕の配下となった死霊たちは、主である僕の魔力を識別できるみたいで、それを利用してこの町の4点に設置して移動させた。

僕もゾンビたちの反応を確認して、指示したゾンビたちが全員目的の場所に移動したのを確認しているので大丈夫だ。

後の心配は、地中にいたゾンビたちが無事地上に出て来られるかだったけど、この声を聞く限りは成功したのだろう。

この町の兵士は200人ほど。しかも、その全員が出ているわけではない。それに対してこちらの死霊どもはゾンビ系が40体、スケルトン系が25体、レイスが20体。後とっておきが1体に、切り札のリーシャがいる。余程の敵が出て来ない限り負けないだろう。

「さてと、リーシャ。たらふく食った分、十分に働いてもらうぞ」

「勿論（もちろん）だ、マスター。私の凄さ見せてやろう！」

多分今回は見る機会はないと思うけど。

「第1部隊は住民を逃がせ！　第2部隊は奴らを食い止めるんだ！　第3部隊は町長の元へ向かうのだ！」

「くそっ！　なんでこんな町中に魔物が現れるんだよ！」

「誰か！　誰か私の娘を見ませんでしたか!?　娘を知りませんか!?」

「どけぇ！　邪魔なんだよ！」

悲鳴、怒号、懇願、様々な叫び声が聞こえて来る。逃げる者、はぐれた者を探す者、逃げ惑う者を押し退けて、自分が先に逃げようとする者。様々な者がいる。

「やっぱり、人間、危険になったら自分が大切だよな」

「ん？　何か言ったか、マスター？」

「いや、なんでもない。それよりも行くよ。目的の場所は町長がいる場所だ」

僕とリーシャは向かって来る人の波に逆らって、この町で一番大きな屋敷へと向かう。僕の配下は町長が町から逃げ出さないように囲みながら攻めているから、まだ、逃げきれていないはずだ。

まあ、僕も別に無差別に襲っているわけじゃない。今回も殺さないようには指示しているし。偶然当たりどころが悪くて死ぬ奴はいるかもしれないが。

かといって、慈悲をかけることもない。僕自身もう壊れていることはわかっている。僕の目的のためならいくら犠牲が出ようと、もう心は痛まない。

リーシャが指さす先には、この町の兵士たちと僕の配下である死霊たちが争っていた。だけど、戦いにはなっていなかった。

理由は、僕が常に暗黒魔術を発動しているからだ。僕の魔力を与えると、傷付いた死霊たちを癒すことができ、能力が上がるのだ。更に、こちらが殺した兵士たちは、僕の魔力により汚染されて配下の仲間入りをする。

つまり、僕の魔力が尽きない限り増え続けるのだ。しかも、僕が着けている吸魂のネックレスは、配下である死霊たちが殺しても吸収するので減らないのだ。

「くそっ！　こいつら、切っても切っても動くぞ！」

「頭だ！　頭を狙え！　頭を切り落とせば動きが止まるぞ！」

まあ、完全な不死の軍隊ってわけじゃないのだけど。普通の死霊系の魔物より倒しにくいってだけだからな。それでも十分に脅威だ。弱点を狙わなければ切っても切っても起き上がってくるのだから。

「お前らどけぇ！　魔法を放つ！」

そんな光景を眺めていると、兵士たちの後ろからローブを着た男がやって来た。手には杖を持った、典型的な魔法師の姿をしている。

男が杖をかざすと、杖に魔力が集まって行く。そして杖の先端が赤く輝き魔法が放たれた。放たれた魔法は火魔法で、真っすぐゾンビたちへと向かい爆発する。

ゾンビたちの体は焼けていき、次第に動きが鈍くなる。そこを兵士たちが首を切り落としていく。ふむ、弱点の火対策を何か考えないといけないな。まあ、今はウズウズとしている奴に頼むか。

「リーシャ、行っていいぞ」

「！　心得た！」

元からなのか、蘇らせたからなのかわからないが、リーシャは戦うのが好きだ。暇があれば体を動かし、ダルクスや僕に頼んで死霊を相手に訓練をしている。

ただ、彼女ほどの実力があると、そうそう相手できる者がいないので、彼女も不完全燃焼といった形で終わるのだが。

リーシャは腰にある剣を抜きながら嬉々として魔法師の方へと向かう。かなりの速さだけど、まだ本気は出していない。だって、魔法師がリーシャに気付いて魔法を放てる隙があるからだ。

リーシャは剣に魔力を纏わせ、向かって来る魔法を危なげなく切る。そして、兵士たちへ近づい

た瞬間、一気に速度を上げた。

兵士たちは気付いていないが、既にリーシャは兵士たちをすり抜けて別の兵士へと向かっていた。そして時間差で首から血を吹き出す兵士たち。魔法師も同じように切られていた。

すれ違い様に切ったのだ。僕も普段からリーシャの速さに慣れていなかったら、わからなかっただろう。

そんな彼らに僕は魔力を流しゾンビへと変えていく。兵士たちは新たに乱入したリーシャに戸惑っている。その隙が命取りになるんだが。

気が付けば、兵士の3分の1はリーシャが片付けていた。既に戦いの音はなくなっている。リーシャが加わった時点で、こちらの勝ちは決まっていたのだ。とっておきを出すことなく終わったな。

僕は少しつまらなさそうな雰囲気を出しているリーシャを連れて、屋敷に入る。扉を開けた瞬間、

「死ねぇ!!」

と、剣を振り下ろしてくる兵士。だが、そのことに当然リーシャは気が付いているため、籠手(こて)で兵士の剣を弾き、兵士の喉元に剣を突き刺していた。

その光景を見た部屋の奥にいた人物が悲鳴を上げる。僕たちは気にせず中へと入る。

屋敷の中には兵士が5人、小太りの男が1人、似たような小太りの女が2人、この屋敷の侍女が3人だった。事前に調べた通りなら、小太りの男が町長だろう。女の方は妻と子供のはずだ。

「な、何者だ貴様たちは！　こんなことをしてタダで済むと思っているのか！」

小太りの男は気丈にも僕たちを怒鳴りつけてくる。それに、何処かで聞いたことのある台詞(せりふ)だ。

まあ、そんなものは無視するのだけど。

そして、確認する間もなく暗黒魔術を発動する。今回は死霊たちではなくて、洗脳系の魔術だ。魔法耐性が高いと効きづらいのだが、こいつら程度なら問題ないだろう。

僕の魔術が効いてきたのか、次第にぼーっとし始める町長たち。これで、僕たちの言うことを聞く傀儡(かいらい)の出来上がりだ。

この町を使って色々と準備をしたいからね。まだ、彼には生きてもらわなければ。ここからしばらくは再び死霊の数を増やさないと。

「ふふっ、これで魚料理は食べ放題だな、マスター！」

１人的外れなことを考えているけど、まあいいか。リーシャも戦ったしね。

さて、今後を考えると、まずこのことが領主に知られて、兵士あるいは冒険者が派遣されるはずだ。そいつらをどんどん魔物に変えていこう。

向こうから材料を送ってくれるのだから、こちらとしては助かる以外にない。わざわざ村を移動しなくて済むし。そのうえ、こっちは減るものといえば魔力ぐらいだし。目標は２０００かな。それだけあれば、領主領も落とせるだろう。

国が危険視する頃には、もう死霊の軍で囲んで逃げ場がなくなっているのが理想かな。

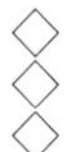

「死霊系の魔物の調査ですか？」

「ええ。最近この領内で増えているらしく、領主様よりその原因の調査及び可能であれば原因の排除を依頼されたのだけど」

「なるほど、だから俺たちに声がかけられたんだな。彼女がいるこのチームに」

そう言い私を見てくる、リンク。他のみんなも見てきます。なんだか恥ずかしいですね。

「光魔法が使えるフィストリア教会のシスターがいて、今このギルドの有望株のあなたたちなら大丈夫だと思ってね。どう？　受けてくれる？」

「勿論だ！　俺たちに任せてくれ！」

そう言って、どん！　と、自分の胸を叩くリンク。その姿にチームのタンク役のガンドさんがまたか、とため息を吐き、魔法師のマリエさんがリンクに掴みかかります。

理由は、私たちに相談することなく、今のように勝手に決めるからです。そのせいで何度か危険な目に遭っていますからね。

「なっ！　だ、大丈夫だってマリエ！　調査だけだからそんな危険じゃないって！」

「あんた、そう言って前どうなったか覚えているの!?　危うく食人植物に食べられそうになったわよ、私たち!?」

ガクガクとリンクの首を振るマリエさん。周りはまたかと笑っています。そろそろ止めに入りませんと。

「マリエさん、そこまでにしましょう。リンクも反省していますから。それに、確かにこの依頼は私たちに適任ではないですか。私が聖なる魔法で死霊たちの動きを抑えて、ガンドさんが守ってくださります。動きが鈍っているところにマリエさんの魔法で攻撃すれば」

「……そうね。そう考えれば今までに比べて危険は少ないかもしれないわね。わかったわ。私たち受けます」

そうして私たちが手続きしている間、リンクは自分が入っていないことに気が付き悲しんでいましたが。止めには入りましたが、許してはいませんよ？　まあ、いつも、先陣を切って戦ってくださるリンクには感謝しているのですが。

「……よし、気を取り直して行くぞ、お前ら！　俺の凄さ見せてやる！」

……この調子が空回りしないとよいのですが。

私の名前はミレーヌ。普通の家庭に生まれたため名字はありません。私が冒険者になったのは一昨年の17歳の時でした。

女神フィストリア様の天啓で与えられた職業は『僧侶』で、その職業のおかげで教会で働いていたのですが、そこで、傷を癒すためにやって来たリンクたちと出会いました。

少し1人で突っ走るところはありますが、みんなの先頭に立ってくれる赤い短髪で身長170センチほどのリーダーのリンクに、私たちの誰にも怪我を負わせまいと、いつでも庇ってくれる金髪の角刈りで、180センチほどのガンドさん、チームのお金から色々なことまでサポートしてくれる金髪を三つ編みにしているリンクの恋人のマリエさん。そんな彼らに誘われて私もチームに入ることになりました。

彼らとチームを組んで様々な依頼をこなしていると、とある依頼を受けることになりました。それは、国で起きている謎の魔物の発生。死霊系の魔物がいくつもの場所で見られているため、その調査を受けたのですが。

「……ここが、最後の場所かぁ」

「そうね。このメストア王国のなかでいくつかある港町の1つ、フリンクよ。ここは、2週間前に実際に死霊系の魔物に襲われたらしいの。なんとか兵士が倒したみたいだけど、かなりの人数がやられたそうよ」

マリエさんは門兵に身分証であるギルドカードを見せながら話します。確かに、対応してくださる門兵もどこか疲れた表情をしています。

この調査を始めて2週間、余り情報を見つけることができないでいました。そして、いくつもの村や町を回ってここが最後の町。私たちが調査を始めた当日に、この町は死霊に襲われたようです。その時、私たちは別の村に向かっていたため、遅れてしまったのです。

町のなかに入ると、殆ど人は見かけませんね。それに所々争った跡が残っています。

「こりゃあ、酷えな。早くなんとかしないと」

「そうだな。まあ、俺が来たからには安心だがな」

また、変なことを言っていますね。マリエさんはもう無視していますよ。私もマリエさんを真似して先を進みます。まずはこの町のギルドに行って情報を集めましょう。そう思い、門をくぐった瞬間、

「うっ⁉」

……な、なんですか、これ？　む、胸が苦しいです。突然胸を押さえて膝をついた私に、皆さんが声をかけてくれますが、次第に意識が……。

「……ここは？」

「あっ、目が覚めた、ミレーヌ？」

私が顔を動かすと、側にマリエさんが座っているのが見えます。ここは……どこかの宿屋のようですね。私がゆっくり体を起こすと、マリエさんが水の入った容器を渡してくれます。

「ありがとうございます。それで、私は……」

「ミレーヌはこの町の門をくぐった後に突然苦しみだしたのよ。そのまま気を失ったわ。もうびっくりしたんだから。私たちじゃどうしようもできないから、とりあえず宿に運んだのよ。治療師に診てもらったけど、休ませたら大丈夫って言うから。本当に大丈夫？」

心配そうに私の顔を覗き込んでくるマリエさん。そこまで心配かけてしまいましたか。私が頷くとマリエさんも安心したのか飲み物を飲みます。

しかし、あの胸の締め付けはなんだったのでしょうか？　本当に原因がわからずに突然でした。何もなければいいのですが……。

「そういえば、リンクたちは？」

「ん？　リンクたちには死霊が攻めて来たことを聞きに行ってもらったわ。あの馬鹿、レディの部屋に遠慮なしに入ろうとしたから殴っておいたから」

「……はは、ほどほどでお願いしますね」

「あいつ次第よ」

そう言うマリエさんに笑う私。それから2人で話をしていると、扉をノックする音が聞こえる。マリエさんが出ると、声が聞こえて来る。2人が戻って来たみたいですね。

「ミレーヌ、リンクたちが帰って来て、成果を話したいって言ってるけど、大丈夫？」

「ええ、大丈夫です」

私が頷くと、リンクたちを連れてマリエさんが部屋に入って来ます。

「おう、元気そうじゃねえか」

「目が覚めてよかったぜ」

「ご心配おかけして申し訳ございませんでした」

私が頭を下げると、2人は笑いながら許してくれる。ふふ、やっぱりいいチームです。

「それじゃあ、全員揃ったし、話し合いましょう。内容次第ではこれからの動きが変わってくるしね」

何か、この問題の手掛かりになる情報が見つかればいいのですが。それからリンクたちの調査の結果を聞き始めました。30分ほどリンクとガンドさんが交互に話して、

「……これが、俺たちがギルドとかから聞いてきた話だ」

リンクが最後にそう締めくくり、みんなが黙り込みます。内容は突然地面から現れた死霊系の魔物に襲われた、というものでした。それも、四方から人々を外に逃さないように。

「……これは、作為を感じるわね」

「ああ、俺もそう感じる」

マリエさんとガンドさんも同じ考えのようです。話を聞くと魔物が現れた穴を兵士が調べているようですが、かなり深く長いのと、悍(おぞ)ましい臭いのせいで全く進んでいないそうです。

それも仕方ないですね。話を聞く限り、何日も穴の中にゾンビたちがいたようですから。ゾンビ

から臭う腐敗臭は本当に気持ちが悪いですからね。

「後、本当かどうかがわからねえが、この町で怪しい奴を見かけるようになったらしい」

「怪しい奴？」

ガンドさんの話に、みんなの視線が集まります。ガンドさんの話を聞くと、魔物たちが町を襲った日から、町中で黒いローブを着た怪しい人物を見かけるようになったらしいです。

何が目的なのかはわからないようなのですが、町の中を歩き回っているようです。ただ、兵士がその人物の後を付けようとしたらしいのですが、途中で見失ってしまったようです。

「明らかにそいつ怪しいじゃねえか」

「ああ。だが、神出鬼没らしくてな、いつ現れるかも、どこに現れるかもわからねえ。偶々見つけてもぬらりくらりと撒かれてしまうらしいんだ」

「うーん、しかも、その人物が今回のことに関係しているとも限らないわね」

行き詰まった私たちは黙り込んでしまいます。今、手掛かりとなりそうなのが、魔物が現れた穴と、魔物が町を襲った日から現れた黒いローブを着た怪しい人物。

「まあ、考えていても仕方ねえよ。俺たちは探すしかできねえんだからな」

それもそうですね。リンクの言葉にみんな頷きます。とりあえず、明日からの動きを話し合って、みんな休むことになりました。

そして翌日、私たちは二手に分かれて調べることになりました。チームは、私とガルドさん、リンクとマリエさんです。

マリエさんがリンクに文句を言っていましたが、いつものことなので私たちは見ているだけです。そのうち諦めてくれるでしょう。

リンクとマリエさんのペアはローブを着た人物を探すのが担当で、私たちは魔物たちが現れた穴を調べます。

まだ言い合う2人と分かれて、私とガルドさんは町を歩きます。昨日ほどではありませんが、胸が苦しいですね。この町に入ってからずっと。やはり、この町に何かあるのでしょうか？

「おい、大丈夫か、ミレーヌ。また、顔色が悪いぞ？」

「あ、はい、大丈夫ですよ、ガンドさん」

「そうか？　まあ、無理はするなよ。お前が頼りだからな」

ガンドさんの言葉に私は微笑みながら頷きます。皆さんに心配かけてばかりではいけませんね。私はもう一度大丈夫だとガンドさんに微笑み、先を歩きます。

ガンドさんは何か言いたげでしたが、黙って私の後を付いて来てくれます。ご心配かけて申し訳ありません。

それからしばらく歩きますが、この胸の苦しみは軽くなるどころか、目的の場所へと近づくにつれてより苦しくなってきます。やはり、何かあるのでしょう。

「ここが、4つある穴のうちの1つだ。誰も入らないように、それから再び魔物が出て来ないように兵士が交代で見張りをしている」

ガンドさんが言うように、穴を塞ぐように4人の兵士の方が立っています。うっ、ここからでも物凄い臭いが漂って来ます。兵士の方も口や鼻を塞いでいるようですが、物凄く辛そうです。

「これは酷えな。物凄い悪臭だ」

「かといって、閉じるわけにはいきませんものね。今回の事件の唯一の証拠なのですから」

それから、他の穴も見て回ったのですが、特に異常を見つけることはできませんでした。うーん、思ったより手掛かりが見つかりませんね。

「おっ、ミレーヌたちじゃねえか」

最後の穴を見ていると、私たちを呼ぶ声が聞こえて来ます。振り向くと、こちらに向かって来るリンクとマリエさん。

「よっ！　調査はどんな感じだよ？」

「駄目ですね。何かあるかと思ったのですが、何も見つかりませんでした」

「俺たちもだ。聞き込みとかしたんだが……」

「黒いローブを着た人物は見たことがあるけど、誰だかはわからないってのばかり。男か女かもわからないそうよ」

うーん、それじゃあ、ローブを脱がれたら誰だかわからないですね。行き詰まってしまいました。

「それなら、1回町長に話を聞きに行くか。何か情報が集まっているかもしれねえ」

「そうだな。領主からの依頼で来たと言えば会ってくれるだろう」

そうですね、ここで話し合うよりかはそっちの方がいいでしょう。

みんなで町長の自宅へと向かいます。よく見れば、町長の自宅へと向かうにつれて、争いの跡が激しくなっていますね。所々焼け跡があるのは、魔法を放ったからでしょう。

それに、なんでしょうか、この雰囲気は。あの穴からも感じましたが、それ以上に重苦しい感じ。町長の自宅に近づくにつれて増していきます。

「……皆さん、気を付けてください」

「ん？　どうしたんだ、ミレーヌ？」

「町長の家に近づくにつれて、穴と同じ雰囲気が感じられます」

「それって……町長の自宅に穴があるってこと？」

「わかりません。わかりませんが、私は注意した方がいいと思います」

根拠はありませんが、あの家には何かある。そう感じてしまうのです。リンクたちも私の言葉に頷いてくれます。周りに注意しながら、町長の自宅へ辿り着くと、家の前には兵士が立っています。

「すまない。俺たちは領主様の命令で、この町に現れた魔物について調査をしているのだが、町長に会わせてもらえないか？　話がしたいのだが」

「……少しお待ちください」

兵士が家に入り確認してもらい、許可が下りたので中へと入ります。私の予感が外れてくれればありがたいのですが……。

「はじめまして、町長。領主様からの依頼を受けて参りました」

「ああ、よく来たな。座ってくれ」

町長は侍女へとお茶を頼むと、私たちの向かいに座りました。表情は物凄く疲れています。それも仕方ないのでしょう。魔物が自分の任されている町に現れたのです。嫌でも疲れてしまうと思います。

「それでここに来た用事は、魔物のことかな？」

「はい。ここ最近、この領地内で死霊系の魔物が頻繁に見かけられるようになったことについて、領主様より依頼を受けまして。魔物が見られた他の場所には向かったのですが、これといった手掛かりを見つけられず、ここに来たわけです」

「ここは、他の村と違って実際に魔物と戦っているからな。どんな感じだったのかも聞きたいんだよ」

町長にタメ口で話すリンクに、マリエさんは頭を叩く。まあ、今のはリンクが悪いですね。

「そうだな。奴らは今までの魔物とは違っていた。いくら傷を付けても回復してしまうのだ」

「はぁ？　なんだよそれ。無敵じゃねぇか」

「そんなの、どうやって倒したんですかい？」

「私も直接見ていたわけではないが、頭を切り落とせば倒せたらしい。ただ、強くて頭を切り落とすのも難しいらしい」

……予想以上に厳しいものになりそうですね。これは一度領主様に話をした方がいいかもしれませんね。

それから、しばらく町長と話をしましたが、他に聞けたのは村や町で聞けたことばかりでしたので、町長の家を出ました。みんなでこれからのことを話しながら町の中を歩いていると、

「ま、待ってください！」

と、私たちを呼ぶ声が聞こえて来ました。振り向くと、町長の自宅でお会いした侍女の方でした。息を切らしているということは、家から走って来たのでしょう。私たちは彼女が落ち着くのを待ち

ます。

「それで、どうしたのよ、私たちを追って来て」

「は、はい。実はお伝えしたいことがありまして……ただ、ここじゃあその人目が……」

キョロキョロと周りを見渡す侍女。何か周りの人には聞かれてはいけないことなのかしら。私たちは顔を見合わせると宿に案内しました。あそこなら、人目を気にすることはありません。

宿に戻って来た私たちは、侍女のメルルちゃんから話を聞きます。私たちに囲まれて緊張しているようですが、ぽつりぽつりと話し始めてくれました。

「じ、実は私、町が魔物に襲われた時、ここにいなくて。近くの村に帰っていたんです。私の実家に。その後、町が魔物に襲われたって話を聞いて戻って来たんですけど……何処かみんなの様子がおかしいんです」

「おかしい？　それは誰がだ？」

「町長たちです。私が話しかけると、皆さん普通に返してくれるのですが、どこかビクビクしているんです。まるで、何かに怯えるかのように」

何かに怯えるかのように……魔物のこと……ではないようですね。

「私も初めは突然魔物が町中に現れたんで、いつ町にまた現れるかわからなくてそうなっているかと思っていたんですけど、違ったんです」

「違った？　何かあったの？」

「……はい。その日は偶々なのですが仕事が早く終わりまして、皆さんから早く帰ってもいいと言われたのです。言われたように帰ったのですが、更衣室にいつも着けているネックレスを忘れたんです。それを取りに町長様のご自宅に戻ったのですが……」

そこまで言うと、顔が青ざめるメルルちゃん。私とマリエさんは、メルルちゃんの背中をさすり、リンクたちは心配そうにこちらを見てきます。

「無理しなくていいわよ。そんなに顔を青くしちゃって」

「い、いえ。話すと言ったのは私なので。それで、私はネックレスを取りに戻ったのですが、家の中に誰もいなかったのです」

「いなかった？」

「はい。それで、部屋の中を探していたら、風が通る音が聞こえたんです。私がその音のした場所を探していると、棚と棚の間に若干隙間が開いていたのです。いつもならきっちりとしまっているはずなのですが……それでその棚の後ろにあったのが」

「隠し通路？」

リンクの問いに頷くメルルちゃん。あの家にあった棚の後ろにそんなものがあるなんて。一体なんのために作ったのでしょうか？

「本当は行かない方がよかったのかもしれませんが、その時の私は好奇心の方が強くて、階段を下って行きました。一番下まで降りると、1本道があって、その奥から声が聞こえて来ました。私が恐る恐る通路を進んでいると、1つの部屋が見えてきたんです。そこで私はあるものを見てしまったんです」

「あるもの……ですか？」

「はい……町長様が黒いローブを着た人に、もう死んだと思われる人の体を渡していたんです」

……一体どういうことなのですか？　私たちが探していた黒いローブの人物と町長が繋がっているなんて。それに、亡くなった方の遺体を渡しているということは。

「はい。次の瞬間、動き出す死体を見ました。全部で5体あったのですが、瞬く間にゾンビやスケルトンに変わってしまったのです」

まさか、今回の事件にも関わっているのでしょうか？　それは考えていませんでしたね。メルルちゃんの言葉にみんな一様に黙ってしまいます。

「こりゃあ、今から行くか？」

「いや、準備ができてねえからな。明日にしよう。それより、彼女をどうするか？　そんな話を聞いた後に町長の家に帰すのは……」

「わ、私は大丈夫です。それに、戻らないと逆に怪しまれますから」

話を終えたメルルはそう言い宿から出て行きます。私は彼女が心配になり、後を付いて行くことにしました。リンクたちも行くと言ってくださったのですが、あまりぞろぞろと行っても怪しまれてしまいますので、私だけで行くようにしてもらいました。

町長の自宅に着いた頃はもう夕暮れ時でした。メルルちゃんは普通に戻って行きましたが、先ほどの話が気になった私は少し調べることにしました……が、突然聞こえて来る悲鳴。

すぐに誰の悲鳴かわかった私は、塀を乗り越えて家へと入ります。扉を蹴り壊すのは許してください。

家に入り見たものは、床に押し倒されているメルルちゃんに、そのメルルちゃんに馬乗りになってナイフを振り下ろそうとしている町長の姿でした。

私はすぐに光の弾を放ちナイフを弾きます。そして、すぐに近づき町長のふくよかなお腹を狙って蹴りを放ちます。避ける間もなく私の蹴りが当たった町長は、メルルちゃんの上から退きました。いかなる理由があっても、女の子に馬乗りするのは許せませんね。

「メルルちゃん逃げますよ！」

「は、はい！」

私はメルルちゃんの手を引っぱり逃げようとしますが、そう簡単にはいかないようです。気が付けば、私たちは囲まれていました。兵士に侍女に町長。さて、どうしたものでしょうか。町長たちの目は血走っていて、お願いしても退いてくれそうにはありませんね。

持っている武器は、町長がナイフ、侍女の方たちがほうきや棒など、一番厄介なのは兵士が剣を抜いていることですね。少し手荒になりますが仕方ありませんね。私は腰にさげているメイスを取り出します。

「メルルちゃん、下がっていてください」

「わ、わかりました」

私が構えるのと同時に向かって来る兵士。兵士は3人、それぞれが剣を持って向かって来ます。こちらも目が血走っているので、誰かに操られているのでしょう。それが、黒いローブの人物なのかはわかりませんが。

とりあえず、この部屋から出なければ。この狭いところでは動きづらいうえに、メルルちゃんを守ることができませんから。

兵士の1人が剣を突き出して来ます。私の胸を狙った突きを下から右手に持つメイスで振り上げ、左足で回し蹴りを放ちます。兵士の脇腹に入り、兵士は横へと転がります。

その後ろから剣が振り下ろされますが、剣をメイスで弾き、そのまま体をぶつけます。兵士がその勢いに怯んだので、その横を走り抜けます。後ろをチラッと見ると、ちゃんとメルルちゃんも付いて来てくれます。

扉を蹴破り外に出た瞬間、外にいた兵士2人がこちらを見てきました。まだ、操られていない？そう思いましたが、2人は私たちを見た瞬間、剣を抜き向かって来ました。

それよりも驚いたのが、村長の自宅の前を歩く住人の方たちが、この光景を見ても驚かないことです。本来であれば、町中で剣を抜くこと自体ありません。なのに、町長の自宅の前を歩く住人は、こちらを見ることはあっても、驚いたり、叫んだりしないのです。

町の人たちも既に操られているのでしょうか？　なんとかしたいところですが、今はそれどころではありません。前から向かって来る兵士2人と家から出て来る町長たち。ここを突破しなければ何をされるかわかりませんね。

「オ前カ？　コソコソト嗅ギ回ッテイルノハ？」

そう思いメイスを構えていましたが、次の瞬間、背中に衝撃があり、私は吹き飛ばされました。訳がわからずに元いた場所を振り返ると、そこには黒いローブを着た人物が立っていました。その後ろで倒れているメルルちゃん。微動だにしません。

……近づいたことに全く気が付きませんでした。まるで突然現れたように。一体どうやって？　しかし、そんなことを考えている暇がありませんでした。ローブを着た人物が魔法を放って来たのです。

闇魔法のダークボール。ボール系の魔法は初級中の初級ですが、術者の技量によっては形や速度、連射などができる使い勝手のよい魔法です。

そんなダークボールを連続で放って来るローブの人物。私は光魔法ライトウォールを発動します。物理攻撃は防げませんが、魔法なら防げる対魔法用魔法です。

ライトウォールが防いでいるうちに私は立ち上がりメイスを構えようとしたのですが、突然地面が盛り上がり、地面から飛び出して来た腕が私の足を掴みます。

次々と地面から現れるゾンビたち。やはり死霊系の魔物を操っているのはこの方でしたか！　私の周りに現れたゾンビたちは、噛み付こうと迫って来ますが、メイスに光属性の魔力を纏わせ、まず、足を掴む腕を殴ります。

グチュリと腕が潰れますが、私の足を掴む力が弱まったのを確認して、掴む腕を振り払い、迫って来るゾンビの横顔にメイスを叩き込み、道を作ります。

メルルちゃんを助けようと思ったのですが、起き上がったメルルちゃんの目は他の人と同じように血走っていました。既に彼女も操られているようです。

あのローブの人物を倒せば洗脳は解かれるのでしょうが、多勢に無勢。私だけでは勝てません。悔しいですが、ここは退くしかありません。とりあえず、リンクたちの元へと戻らなければ。

「逃ガスト思ウカ？」

ローブの人物が腕を振ると、地面から新たにゾンビが現れます。もしかして、メルルちゃんの話にあった死体がゾンビになっているのでしょうか？

数は20体ほど。しかし、相手がゾンビとなれば私も手加減はしません！

「光魔法、ライトニングスピア！」

ゾンビたちに放つ雷光の槍。バチバチと音を鳴らしながらゾンビたちを次々と貫いて行きます。

連続では放てませんが、それでも、ゾンビたちを怯ませるのには十分です。

町長の自宅の庭を抜けて、町中を走ります。チラッと後ろを見ますが、追って来る気配はありません。何故かと思っていると、

「逃ガサナイト言ッタハズダガ？」

突然目の前に現れるローブの人物。どうなっているの!? 訳がわかりません。そして、いつの間にか私を囲んでいる町の人たち。やはり、もう既に。

人数の多い町人に私の抵抗は虚しく取り押さえられました。そして目の前に立つローブの人物。その人が私の頭に手を置き魔法を発動すると、私の意識は遠のいていきます。

……リンクたち……皆さん、逃げて……。


「創造主ヨ、捕マエタゾ」

「おっ、ご苦労さん。しかし、こいつから嫌な気配がするな。これは？」

「ふむ、おそらく光魔法を使えるからだろう。昔から闇魔法が使える者と光魔法が使える者は仲が悪かったと聞く。もしかしたら、暗黒魔術でも同じようなことがあるのかもしれないな」

「へ～、まあ、こいつには利用価値があるから色々とさせてもらうか。でも、なんでこの縄の縛り方なんだよ？」

「知ラヌ。配下ノ一人ガコノヨウニ縛ッタノダ」

「そいつの本能か何かか？　なんでこう……胸を強調するように縛っているんだ？」

……ピチャン……ピチャン。

水が滴る音。その音だけが鳴り響くなか、私は重たい瞼を上げます。まだ、目を開けたばかりで視界がぼやけるなか、私は辺りを見回します。周りは、岩肌の壁に囲まれた、まるで洞窟のような場所。ジメジメとした空気が漂っていました。

私は腕を動かそうとしましたが、全く動きません。どうやら、頭の上で縛られているようです。魔法を放とうにも魔力が吸い上げられて放つことができません。

体を見ると……な、なんですかこれは！　胸元を強調するようにした縛られ方。わざわざ谷間のところで交差するような難しい縛り方で縛って……どういう意図があってこんな縛り方を⁉

訳がわからずに他に変なところはないか体をよく見てみると、服装は変わっていないので、何かされた様子はなく安心はできました。しかし、この胸を突き出すような姿勢は少し辛いです。足も、逃げられないように重りがつけられているので、この場から逃げることも叶いません。

「目ガ覚メタカ？」

どうにか逃げ出せないか、と考えていたら、突然目の前に私を捕らえたローブの人物が現れます。私は心だけは負けないようにローブの人物を睨みつけると、ローブの人物は「フン」と鼻で笑いながら私の顔を覗き込んで来ました。

近くでローブの奥を見た私は思わず叫びそうになりました。ローブの中にあったのは、人の顔……ではなく、骸骨の顔だったから。ということはこの骸骨は魔物ですね。ゾンビなど死霊系の魔物を操り、魔法を得意とする魔物……ネクロマンサーですね。

目の部分に輝く赤い光が私の目と合う。暗闇の奥にある赤い光に意識が吸い込まれそうになりますが、私は意識を強く持ちます。

「ホウ、ヤハリシスターニハ洗脳ガ効カヌカ」

「私は何をされようとも負けません！　必ずリンクたちが助けに来てくれます！　あなたなんかには負けません！」

私の強気な発言を聞いたネクロマンサーは、黙り込んでしまいましたが、次には笑いだします。

「面白イ事ヲ言ウ娘ダ。私程度ニスラ敵ワヌ貴様ノ仲間ニ、何ガ出来ル？」

「彼らは私なんかより強いです。リンクたちを甘く見ないでください！」

「ソウカ。ナラ、楽シミニ観ルトシヨウカ」

ネクロマンサーはそう言うと指を鳴らします。すると、岩肌の壁に何かが浮かび上がって……あれは!?

「イマ、町ノ中デ、オ前ノ仲間ガ、オ前ヲ助ケルタメニ、町ノ人間ドモヤ私ノ配下ト戦ッテイル。無事ニコノ場所マデ、辿リ着ケルカナ？」

突然岩肌の壁に映ったのは、リンクたちが町の人たちやゾンビたちに襲われている光景でした。

どのようにして映しているのかわかりませんが、村人やゾンビたちと戦う光景が鮮明に映っていました。

リンクたちはなるべく町人たちを傷付けないように気絶させるだけにして、ゾンビたちは倒していきます。

しかし、3人が疲労しているのはこの映像からでもわかります。

今はなんとか耐えていますが、これ以上攻められては皆さんは……。

「奴ラハ、ココニ辿リ着キソウニナイナ」

骸骨の顔なのにまるで笑ったかのように話すネクロマンサー。私はなんて無力なのでしょう。自分のミスで敵に捕まり、自分のせいでチームの皆さんをこんな危険な目に遭わせて……。

「ムッ？　奴ラハ……」

悔しさと自分の無力さに顔を逸らしていると、ネクロマンサーが訝しむ声を上げます。その声につられて再び映像を見ると、10人ほどの兵士がリンクたちを守るように町人たちと対峙していました。まさか、まだ操られていない方たちがいたなんて。

「町ノ外ニイタ奴ラカ。フム、マアイイ。殺サレル人数ガ少シ増エタダケダ」

ネクロマンサーの言葉と同時に、町人とゾンビたちの攻撃は、勢いを増します。リンクたちはこのままではマズイと感じたのでしょう、突然現れた兵士たちに何かを叫びながら下がって行きます。それに、付いて行くマリエさんやガンドさん、兵士の人たちもです。

兵士の方が1人……2人……と犠牲になっていくなか、なんとかリンクたちは町から逃げ出すことに成功しました。

「逃ゲ切ッタカ。残忍ナ奴ラメ」

「戦略的撤退です。負けるとわかっているのに、無理して戦う必要はありませんからね」

私がそう言うと、ネクロマンサーはカタカタと骨を鳴らしながら笑い始めました。何がおかしいのです！

「奴ラハ、今逃ゲテモ、オ前ヲ助ケラレルト思ッテイル。ソノ事ガオカシクテオカシクテ。今回モソウダガ、ナゼ生キテイルト確信出来ルノダ？　ナゼ助ケヨウト動ケルノダ？　モウ殺サレテイルカモシレナイノニ？」

……そうです。何が助けに来てくれる、ですか。私は何を甘いことを。今ここで捕らえられて生きていること自体が奇跡だというのに、私自身、助かると思っている。この目の前のネクロマンサーに殺されないと思っている。そんなことはあり得ないのに。

自分に降りかかる死を実感した途端、体の震えが止まらなくなりました。今までも何度も死線というものはくぐり抜けて来たつもりでした。しかし、ここまで、もうどうしようもなくなったことはありません。

今までは、何度危ない目に遭ってもリンクたち皆さんが側にいてくれましたから。でも今は１人。目の前には敵のネクロマンサーがいて、指を私に向けるだけ、それだけで私を殺せる位置にいる。明確な死が目の前にある。

「ククッ、良イゾソノ表情。絶望ニ染マルソノ表情。ソレコソガ、私ノ力トナル。ソンナオ前ニモット絶望スルコトヲ教エテヤロウ」

「……えっ？」

……これ以上何があると言うのですか。目の前にいる私にいつでも死をもたらすことができるネクロマンサー。操られた町人たちとゾンビの大群に、助けに向かえないリンクたち。

もう、殺されるのを待つしかないこの状況で、これ以上のことがあるのですか？

「私ニハマダ、町ノ人間ドモヲ操ル力ハナイ。コノ意味ガワカルカ？」

このネクロマンサーには町人を操る力はない？　でも、現に町の人たちは操られて……。

「……まさか」

私はネクロマンサーの骸骨の顔を見る。考えたくない。絶対に信じたくない。だけど今のネクロマンサーの言葉を聞くとそれしか考えられない。そして、ネクロマンサーはまるで答え合わせをするかのように、

「町ノ人間ドモヲ操ッテイルノハ私ヲ蘇ラセシ創造主ダ。私ナド、創造主ヤリーシャ様ノ前デハ、足元ニモ及バヌ。残念ダッタナシスターヨ。イクラ命ヲ懸ケテ私ヲ倒シタトシテモ、私ナド駒ノ一ツデシカナイ」

私の想像以上の答えを述べたのだった。それと同時に、

「少し喋り過ぎだぞ、ネロ」

ネクロマンサーの後ろから、白髪で赤目の私より年下の少年が現れたのでした。


気分が高揚しているのか、話さなくていいことまで話しているネロ。僕の言葉にネロの奴も喋り過ぎたと思ったのか頭を下げてくる。まあ、僕やリーシャの名前を出しただけだから特に問題はないのだが。これがダルクスやクロノのことだったら、少し問題だったけどな。

それに、彼はかなり役に立ってくれている。僕たちがこの国に来て蘇らせた死霊の1体で、昔、『死霊使い』という闇系統の職業を天啓で貰った男だったが、その職業のせいで迫害され、最後は家族とともに殺された過去を持つ。そのような死霊を蘇らせた僕は、この町の占領を彼に任せた。

結果は言うことなしで、かなり重宝している。

「申シ訳ナイ。コイツノ絶望シタ表情を見テ気分ガ高ブッテシマッタ」

「まあ、そこまで重要なことを話していないからいいが。さて、初めまして、シスター。僕の名前はハルト。そこにいるネクロマンサーを創り、町を襲った暗黒魔術師だ」

僕は自己紹介をしながら、魔力を放出しシスターに当てる。シスターは魔力に含まれる瘴気に当てられてか、顔を青ざめ、体をガクガクと震わせる。強調するように出された大きな胸がその都度震えている。

額から汗が流れて呼吸も乱れていく。裏から見ている限りは、ネロとの話し合いである程度は心が折れているが、これで折れきったかな。僕はシスターの側に近づき目線を合わせるためしゃがむ。シスターは顔を俯けて表情がうかがえないため、右手で顎をクイッとあげる。女の子が憧れるらしい顎クイだ。昔村でもリーグの奴が女の子にやっていてワーキャーと叫ばれたのを覚えている。

それをなんとなくやってみたが、まあ、想像通り見られたのは、頬を赤く染め恥じらう顔ではなく、涙を流し青ざめ絶望する顔だった。

それを見てやっぱりなーと思う反面、ネロじゃないが少し興奮する僕がいた。なんだかもっとこの表情が見たくなる。こう嗜虐心がくすぐられるというか。

……ふむ、もう少し虐めてみるか……なんか、好きな子に意地悪するガキ大将みたいな考え方だが、もう少しこの性格がどうか考えるのには検討材料が必要だからな、うん。

「死にたくないか？」

「……はい」

僕の言葉にゆっくりとだけど頷くシスター。死んだ魚のような目をしていたが、僕の言葉に少し

光が戻る。まあ、もう一度死んだ目をすることになるのだろうけど。

「それなら、君が生き残る道を示してやろう」

「……私が生きる道ですか？」

「ああ。君が選べばいい。ただ、それだけで君を生かしてあげるよ。どうする？」

僕が問いかけると、シスターは再び下を向こうとしたけど、顎クイで下を向かせない。僕の目を見て答えさせる。自分が敵に魂を売るのを自覚させるために。

「……わかりました」

僕の言葉に悔しそうにしながらも、少し安堵（あんど）の表情が見える。僕の言葉を聞いた後にも同じ顔ができるかな？　僕は笑みを浮かべながらシスターを見る。そして、

「君が唯一生き残る道は……僕の配下になって仲間を殺すことだけだ」

僕の悪魔の囁（ささや）きにシスターはどうするかな？　ちなみに後でリーシャに聞いた話だが、この時僕は邪悪な笑みを浮かべていたそうだ。どんな笑みだよ、それ……。

「ちくしょう！　どうして町の人たちが!?」
俺は町で起きたことの訳がわからな過ぎて、近くにあった木箱を蹴り飛ばす。なんとか命からがらに町から逃げることができたが、どうして町の人が俺たちを襲って来るんだよ！　しかも、ゾンビどもと一緒に！

「落ち着きなさいよ、リンク。そんなイライラとしたって解決しないでしょ？」

そんな俺を呆れたように見てくるマリエ。その姿が、余計に俺をイライラさせた。

「なんでお前はそんな冷静にいられるんだよ！　もしかしたらミレーヌが殺されてるかもしれねぇんだぞ！」

「そんなことはわかっているわよ。でも、今私たちが焦ったところで何もできないじゃないの！　こっちはたった数人、向こうは町の人たちとゾンビたちを合わせても何百といるのよ。今の私たちに勝ち目があると思っているの？」

「けどっ！　だけどよぉっ！」

「落ち着け、リンク。マリエの言う通りだ。俺たちが焦ってまた町に行ったとしても返り討ちに遭うだけだ」

ガルドまで……くそっ！　俺は何もできねぇのかよ！　大切な仲間1人すら助けられねぇのかよ……。

「リンク。あなたの気持ちはわかるわ。私もガルドもミレーヌを助けたい気持ちは一緒。だけど、悔しいけど私たちだけじゃあ助けられないのよ」

気が付けば、目の前には涙を流しているマリエが俺の手を握っていた。その側にはガルドも……そうだよな、俺だけが悔しいわけないよな。マリエだって、ガルドだって、一緒に今までやって来た大切な仲間だ。こいつらだって、ミレーヌのことが大事なはずだ。それなのに、俺だけ先走って、勝手にキレて……。

「すまねえ、マリエ、ガルド。少し言い過ぎた」

「別に構わねぇよ。お前の気持ちは痛いほどわかるからな」

「そうね。それに、そんなこと今更って感じだしね」

そう言って笑うガルドとマリエ。ったく、こいつらは。

「それで、これからどうするよ？　このままにはしておけねぇだろ？」

「ああ。とりあえず、領主様のところまで戻ろう。ここから1日と少しで着くだろう。そこで事情を話して、兵を送ってもらわないと」

「そうね。町1つ乗っ取られたとなれば、領主様も黙ってはいないはずだわ」

「よし、それじゃあ、領主様がいる街へ向かおう！」

それから、俺たちは急いで領主様の元へと戻り、今回のことを報告した。町は既に占領され、町の人たちが操られていたことに領主様は驚きを隠せない様子だったが、すぐに軍を準備して派遣してくれた。そして、町に戻って来たのは1週間が経った日のことだった。

「我々の目的は！　魔物どもに侵略され、操られている町人たちを救うことだ！　死霊どもを根絶やしにするぞ！」

今回部隊を率いる隊長の声に、叫ぶ兵士たち。これは凄いな。数は1500ほど。こんな人数の兵士が集まるのなんて、他の領地にいたら見ることなんて殆どないからな。

「どうしたの、リンク。ビビっているの？」

そんな兵士たちを見ていたら、全く見当違いなことを言ってくるマリエ。今更ビビるかよ。

「そんなわけないだろ。ただ、凄（すげ）えと思っただけだ」

「そう。それならいいんだけどね。でも、確かに凄いわね。兵士もそうだけど、集められた冒険者も凄いもの。300人ほどだけど、なかにはAランクの冒険者もいるみたいよ」

「ああ、確か『颪剣』のアラシだったっけ？　風の魔剣を使う」

「ええ、その他にも参加して合計人数は2000ほど。領主様もかなり力を入れているみたい」

そういや、ガルドが今回の騒動は早めに収めたいんだろう、って言っていたな。確か政治的なことかで。学のない俺にはわからねぇが。

そんな話をしながらも俺たちは町へと進む。作戦としては領軍と冒険者たち、それぞれ分かれて港以外の3方向から攻めるってだけだ。

町人が襲って来たら基本は気絶させるだけ。本当にどうしようもない場合のみ切ることが許された。町人にはあまり剣を抜きたくないけど、ミレーヌを助けるためだ。許してほしい。

「……なんだこの雰囲気は？」

そして、町に辿り着いた俺たちが初めに見たものは、まるで魔物の襲撃がなかったかのように、普通に生活が行われている様子だった。俺たちが来たのを見た町人たちが逆に俺たちを訝しげに見てくるぐらいだ。

「……これはどういうことだ？　本当にこの町は魔物に襲われたのか？」

「当たり前だ！　俺たちが実際に襲われたんだからよ！　町人たちは洗脳されているんだよ。言ったただろ？」

俺の言葉を信じていないような表情を浮かべる隊長。こいつ、ここに来てふざけんなよ。確かに俺たちもおかしいと思うほど普通の生活をしているけど、洗脳されているんだから、もしかしたら記憶も弄られているのかもしれない。それぐらいわかれよ！

「とにかく入ろうぜ。出て来たら殺せばいいんだしさ」

俺と隊長が睨み合っていると、後ろから金髪の男がため息を吐きながら俺たちを抜かして行く。こいつが、Aランクの『風剣』のアラシだ。

飄々と俺たちの先を歩く。イラつくがこいつの言っている通りだ。こんなところで睨み合っている場合じゃねえ。

それからは黙って俺たちは町へと入った。西側の部隊は隊長が率いる領軍の一部、東側はアラシや俺たち冒険者と領軍の一部、残りの北も領軍になる。

突然町へと入って来た俺たちに町人たちは震えて、残っていた兵士たちが止めようとして来る。あまりにも変わらない対応に、兵士や冒険者たちは戸惑いを隠せないようだが、次の瞬間、空気が一変した。

先頭に立っていた兵士の頭が矢で射抜かれたのだ。兵士が倒れると同時に、矢が雨のように降って来る。

突然のことに冒険者や兵士たちは慌てるが、俺たちはガルドが持つ盾に隠れる。盾には次々と矢が刺さる衝撃が走るが、なんとか耐える。

盾から少し覗くと、3分の1ぐらいの兵士と冒険者が矢で射抜かれていた。屋根の上にはスケルトンアーチャーがずらりと並んで、その後ろにはゾンビたちが矢を渡している。50：50ぐらいで俺たちを狙っていた。

そして、前と同じように操られて向かって来る町人たちに、ゾンビたち。矢によって慌てふためく俺たちに追い打ちをかけて来た。

「これは面倒だな」

盾の向こうから聞こえて来たのは、怠そうに呟くアラシの声。やっぱりAランクだけあって咄嗟の状況にも対応していやがるな。

矢が止んでガルドが盾を退けると、視線の先ではアラシや耐えた兵士が町人たちと戦っていた。

乗り遅れたか。だけど、俺たちの目的は町人と戦うことじゃねぇ。ミレーヌを見つけることだ。

「お前ら、この町のどこかにミレーヌがいるはずだ。必ず見つけ出すぞ！」

「おう！」

「当たり前よ！」

絶対に助けるからな、ミレーヌ！

◇◇◇

「おうおう、これはまた結構な人数連れて来てくれちゃって」

僕は映像に映る兵士や冒険者たちを見て呟く。なかにはミレーヌの仲間も交ざっていた。あいつらが連れて来たのか。実力を持っている奴もちらほらと。

「いやー、こんな人数に襲われたら怖いなー」

「思ってもないことを。それよりマスター、私の出番はいつなのだ？　こんなの見せられたらうずうずとしてしまうではないか！」

隣でそわそわと、僕の肩をガクガクとしてくるリーシャ。僕の軽いジョークをそんな適当にしないでよ。僕泣いちゃうよ？

「ねー、ねー！　マスター！」

どれだけ戦いたいんだよこいつは。本当に食べるのと戦うのが好きな奴だ。まあ、かなり役に立ってくれているからいいのだけど。

「今回はしばらく待機だ。色々と試したいことがあるからね。ネロたちの準備はできたか？」

『ワタシタチノ準備ハデキタゾ、創造主ヨ。イツデモ構ワナイ』

手元にある石が震えてネロの声が聞こえて来る。これは、クロノが作った伝達石というやつだ。2つで1つの魔道具で、石を持った者が話すと、声の振動が石に伝わって対となる石を震わせるらしい。詳しいことは僕にはわからない。でも、かなり便利な物ではある。

僕も手元にある石に話しかけて指示を出す。これが道具だと知らないと、側（はた）から見れば石に話しかけている変な奴だな。

「それじゃあ頼んだよネロ。この程度でリーシャを出さないといけなくなる状況になるようだったら、今後のことを考えないといけないし、何よりリーシャが調子に乗る」

「なっ！　私は調子に乗らないぞ！　精々お腹いっぱいのごはんを所望するぐらいだ！」

……そのお腹いっぱいが問題なんだよ。

「まあ、とりあえず頼んだよ、ネロ」

『心得タ。奴ラヲ絶望ニ落トシテヤル』

さて、どうなることやら。

「アァァァ！」

「近寄るんじゃねえよ！」

俺は近寄って来るゾンビを蹴り飛ばす。蹴られて怯んだゾンビが体勢を立て直す前に、剣を突き出し喉を突く。喉を突かれたゾンビは俺を噛もうとして来るが、噛まれないようにしながら押して行く。

それと同時に屋根の上から矢が放たれる。俺は押しているゾンビの影に隠れて盾にする。ゾンビの体から伝わって来る矢が突き刺さる振動。危ねぇ、チラッと見えたからよかったものの、少しでも遅れたら当たっていたな。

「リンク、大丈夫か⁉」

「ああ、大丈夫だ！」

ゾンビに突き刺さった剣を抜きながら返事をする。後ろにはマリエを襲って来る町人やゾンビたちから守るガンドが付いて来る。

この町に入ってどれくらい時間が経ったのかはわからない。かなりの数のゾンビを倒して、何人の町人たちを眠らせたかはわからないが、かなり倒したと思う。その代わり、俺もガンドたちも疲労や傷が増えていく。特にガンドは盾役だ。俺以上にキツイだろう。

「吹き飛べ」

そんななか、近くのゾンビを切り刻み、町人を吹き飛ばして気絶させる男。アラシが俺たちの先頭を歩いていた。二つ名に負けないほどの風を剣に纏わせ、先を進んで行く。

俺たちの数は町に入った頃に比べて3分の1まで減っちまったが、町の中央近くまで来ることができた。ミレーヌは多分だが町長のところにいるはずだ。

このまま行けば突破できる。そう思った時、何かが降って来た。ドスン！ と大きな音を立てて降って来たそいつは、キョロキョロとし、獲物である俺たちを見つけると叫び出す。

「な、何よあいつ⁉」

「あれは……町人を使ってやがるのか！」

俺たちの目の前に現れた新たな魔物。そいつは、いくつもの人間の死体が重なり、無理矢理人の形になっている異形の化け物だった。体長は3メートルほどで、腕が異様に大きい。当然腕を作るのにも人間の死体が使われている。

「タ、タスケテ」

「イタイイタイイタイイタイ」

「コ、コロシテクレ」

そして、動くはずのない死体の口から漏れる様々な声。彼らの声が聞こえて来る度に心が痛み気持ちが悪くなってくる。

「っ！　あの声は呪詛だわ！　心を強く持って！」

後ろから、マリエの声が聞こえて来る。心を強く、か。俺は彼女を、ミレーヌを助ける。それに、こんな風に死者を弄ぶような奴には絶対に負けねぇ！

「フィジカルアップ！」

俺が使える数少ない魔法、身体強化を発動し、異形へと迫る。俺が走り出すと同時に先を行く男、アラシも俺をチラッと見てから異形へと迫った。

迫る俺たちを敵だと認知した異形は、大きな腕を振り上げる。かなりの質量がある腕が俺たちへと振り下ろされるが、俺とアラシは左右に分かれる。

地面に腕がぶつかると地面は割れ、破片が辺りへと飛び散るが、俺たちはそのまま迫る。

「おらっ！」

「ふん！」

アラシは地面に叩き付けられた腕を、風を纏わせた剣で切り落とし、俺は異形の懐に入り脇腹を切り裂く。死体から断末魔が聞こえるが、俺は気にしないようにして振り向き、下から剣を振り上げる。

異形は、痛いのかどうか知らないが叫び、俺たちを振り払うように残った腕を振るために回転する。俺とアラシは同じように腕を掻い潜るように姿勢を低くして、片足ずつ切り落とす。

支える物がなくなった異形は地面に倒れ込む。このまま押し切る、そう思った時、異形は今まで と違った叫び声を上げた。まるで、助けを求めるかのような叫び声だ。

そして、その考えは正しかった。その叫び声を聞いたゾンビたちが異形へと集まって来たのだ。敵である俺たちなど無視して異形へと飛びかかる。

「も、燃やし尽くせ、フレイムストーム！」

今がチャンスだと思ったのか、マリエは自分が使えるなかで最強の魔法を放った。マリエが放った炎の竜巻によって、集まっていたゾンビたちは燃やされていく。

「アァァァァァ！」

しかし、ゾンビたちにのしかかられていた異形が腕を振るい、炎の竜巻を掻き消してしまった。

しかも、俺とアラシが切り落としたはずの腕と足が治ってやがる。そのうえ、もう2本、腕が増えていた……もしかして、さっきゾンビを集めたのも、体を治すためだったのか？

「ちっ、厄介な敵だぜ。しかも、さっきの叫びのせいでゾンビどもも集まって来やがった」

アラシの言う通り、さっきの異形の叫び声のせいか、近くにいなかったゾンビたちも集まって来た。こりゃあやべえな。

「っ！　リンク、避けろ！」

そんな周りを見ていると、突然ガンドが叫び始める。ガンドの視線の先には異形が、そして手にはゾンビが握られていた。まさかっ!?

予想通り次の瞬間、ゾンビが投げられた。しかも、かなりのスピードで。ガンドの声のおかげで咄嗟に避けることができたが、避けられなかった兵士たちは巻き込まれて潰されてしまった。

人間1人分の重さがある物体が飛んで来るのだ。とんでもない衝撃だろう。くそっ、本当にやりづれえ。目の前には切っても治る異形に、その回復源であるゾンビども。そして、操られている町人たち。このままだと全滅しちまう。

他のところはどうなっているかわからねえが、このままだと、逃げるのも視野に入れないと。くそっ、また逃げるのかよ、俺は。

次々と球のようにゾンビを投げて来る異形。かなりのスピードでギリギリ避けているが、避けき

れなかった兵士はぶつかり潰されていく。くそ、どうすれば、

「リンク、俺が奴の腕を防ぐ！　その隙に、奴を倒せ！」

「だけど、それじゃあ、お前が！」

「あいつを倒さねえと先に進めねえだろうが！　行くぞ！」

そう言ったガンドは、異形へと盾を構えながら突っ込んで行く。職業が重戦士のガンドなら、もしかしたらあの異形の攻撃も耐えられるかもしれない。だが……考えている暇はねえ。もう既にガンドは異形の目の前だ。こうなったら、早めにあいつを倒すまでだ！

「マリエ！　サポートを頼む！」

「わかったわ！　スピード、ディフェンス、パワーエンチャント！」

マリエの魔法が俺の体に当たり強化される。速度を上げた俺は、ガンドの後ろに付く。ガンドに向かって振り下ろされる異形の拳。ガンドは盾を掲げ、拳へとぶつける。

ガン！　と、大きな音が何度も聞こえて、同時にガンドの苦しむ声も聞こえて来る。だけど、ここで怯むわけにはいかない。なんとか踏ん張ってくれているガンドのためにも！

俺はそのままガンドの横を通り過ぎて異形へと向かう。ガンドの後ろから突然現れた俺に、異形も反応が遅れる。

「行くぜ、職技『八連閃（はちれんせん）』！」

魔法とは違う職業の持つ力、職技を発動する。俺の職業は剣士。当然、剣士から得られる職技は剣術に関する技ばかりだ。そのなかで俺が使える最高の技だ！

職技を発動した俺の剣は異形の体を切り裂いていく。4本の腕を切り裂き、胸元を十字に、首元

をクロスさせるように。計8回の斬撃が異形を襲う。

　異形が反応する間もなく切ることができたが、疲労が体を襲う。魔法が魔力を消費するように、職技は体力を消費する。あまり連続して使えないのが難点だが、それを引いても職技は強い。

「やるじゃねえか」

　首を切り落とされ倒れた異形を見ていると、アラシが俺の背を叩きながらそんなことを言ってくる。ははっ、Aランクにそんなことを言ってもらえるなんて光栄だね。

　ガンドの方はマリエに治療してもらっていた。ミレーヌほどではないが、マリエも治癒系の魔法が使えるからな。

　体力を回復させたいところだが、先へ進まないと。俺は疲労で悲鳴を上げている体に鞭を打って前へ進もうとする。だけど、動くことができなかった。

　その理由は目の前にある。ガンドが体を張って止めて、なんとか倒した異形が、俺たちの目の前に新たに2体姿を現したからだ。

　ゾンビたちだけでも厄介なのに、この異形も何体も出せるのかよ!?

「これは撤退するしかないな」

　アラシがポツリと呟く。だけどそんなことできるわけない。ここまで来て退くなんて。領主が出せる限界の人数なんだぞ？　その人数で勝てなかったら、もう国に頼るしか。でも、そんなことをしていたらミレーヌは……この考えが自分勝手なのはわかっている。だけど、だけど！

　その時、異形の間の地面に黒い影が現れた。俺もアラシも突然現れた影を警戒する。影の中からはカツン、カツン、と階段を上るかのような足音が聞こえて来る。そして、現れたのが黒いローブ

を着た人物。お前が、

「ミレーヌを攫った奴か!!」

俺は疲弊した体を無理矢理動かしてローブの奴に向かって走り出す。異形たちが阻もうとするが、1体はアラシが、もう1体はガンドとマリエが抑えてくれた。

俺は真っすぐローブの奴を目指す。ローブの奴は迫る俺を見ても動く気配がない。俺なんか眼中にないってか？　そのことを後悔させてやる！

「職技『天雷撃』！」

剣を上段から一気に振り下ろす職技を発動。ローブの奴の頭上目掛けて剣が振り下ろされる。叩き潰す勢いで振り下ろされるが、それでも動く気配がない。訳がわからないまま振り下ろしたが、その理由がすぐにわかった。

こいつは、避ける必要がなかったからだ。俺の剣を阻むように発動される障壁。それがあったから。それに、この障壁は見覚えがある。これは……。

「ホーリーバースト」

ローブの奴の背後から放たれる光の砲撃。俺は剣を防がれた障壁を利用してなんとか砲撃を避けるが、後ろにいたゾンビや町人たちが被弾し爆発した。なんて威力だよ。

そして、ローブの奴の背後から、全身黒色で金色のラインが入った特殊な修道服を着た俺たちの大切な仲間、ミレーヌが俺たちに手を向けながら現れたのだった。

初めは信じられなかった。格好や表情が前とは違うため少し固まってしまったが、間違いなく彼女だ。俺たちが探していた大切な仲間だ。

「ミレーヌ……ミレーヌなの⁉」

マリエが叫びながら飛び出そうとするが、後ろからガンドが抱き止める。マリエがガンドを怒鳴るが、ガンドが正しい。

確かにあそこにいるのはミレーヌだ。何年も一緒に戦ってきた仲間だからわかる。わかるのだが、なんだか様子がおかしい。

それにさっきの魔法、障壁や光の砲撃。どれもミレーヌが使っていた魔法だ。いつも、俺たちとともに戦う時に使っていた魔法……それを俺たちに放って来たのだ。もしかしたら彼女も町人たちと同じように洗脳されているのかもしれない。

「オマエノ仲間ガ呼ンデイルゾ？　答エナクテイイノカ？」

そんな彼女を見ていると、隣のローブを着た人物がミレーヌへと話しかける。まるで感情のない無機質な声。それがローブの中から聞こえて来る。すぐにでもローブの奴を叩き切ってやりたいが、側にいるミレーヌが心配だ。そして、

「……お久しぶりですね、皆さん」

以前と変わりのない笑みを浮かべてくれるミレーヌ。俺は彼女が生きていてくれたという喜びと、何故、あのローブの隣で自由に動けているのかという疑問で頭がいっぱいだった。

洗脳されていた町人たちは自我がなく襲って来たが、彼女には自我がある。町人たちは自我がある時は普通に生活していて、自我がなくなった時は今みたいに襲って来るが、今のミレーヌは全くそんな気配がない。ないのに、俺たちに攻撃して来た。彼女は洗脳されていないのか？

「ミレーヌ、あなたを助けに来たわ！　早く帰りましょう！」

「そうだぜ、ミレーヌ。それにどうしたんだよその格好。そんな修道服なんて初めて見たぜ？」

マリエとガンドがミレーヌへと話しかけるが、ミレーヌは黙ったままだ。そして、そのまま手をマリエたちへと向けて……まずい！

「ガンド、盾を構えろ！」

「なっ？　ちぃっ！」

「ホーリーバレット」

ミレーヌの手から放たれる光の弾。気が付いたガンドは、マリエを抱え込み咄嗟に盾を構えて防いだが、体勢が悪く吹き飛ばされてしまった。

「な、何するんだよ、ミレーヌ！　仲間に攻撃するなんて！」

「ごめんなさい、リンク。でも、こうするしか私が助かる方法はないのです」

「……どういうことだよ？」

「簡単なことです。私が生きるためにあなたたちを殺すというだけです」

ミレーヌの言葉と同時に膨れ上がる殺気……本気なのかよ⁉

「どうしてそんなことを言うのよ！　仲間の私たちを殺すなんて！」

マリエはミレーヌの言葉にショックを受けて涙目でミレーヌを見る。俺もガンドもマリエと同じ気持ちだよ。だけど、マリエの声を聞いてもミレーヌの表情は変わらなかった。くそっ、何がどうなってんだよ！　せっかくミレーヌと会えたのに、俺たちを殺すなんて！

「誰かに脅されているのかよ⁉　それなら俺たちがぶっ飛ばしてやる！　だから戻って来い、ミレーヌ！」

俺たちは何度も何度もミレーヌに呼びかける。ミレーヌがこんなことを言うはずがねえ。絶対に誰かに脅されているんだ。だけど、俺たちの呼びかけには全く反応しない。それどころか、今まで見せたことのないような冷たい目で俺たちを見てきた。

「ククク、ソイツニ何ヲ言ッテモ無駄ダ。ソイツハ命ヲ使ッタ契約ヲシテイル。ソイツノ命ノ保証ヲスル代ワリニ、我々ノ仲間トナッテオマエタチヲ殺スト言ウナ。既ニ隷属契約ハ済ンデイル」

冷たい目で見てくるミレーヌは黙ったままで、その隣にいるローブの奴が笑いながらそんなことを言ってくる。あいつらの仲間になる契約だと？

「どうしてそんな契約をしたんだよ!?　俺たちが来るのを待ってくれれば……」

「あなたたちに何がわかるというのです!?」

どうしてそんな契約をしたのか全くわからない俺は、ミレーヌに問いただそうとしたが、俺の声にかぶせるようにミレーヌの怒鳴り声が響く。初めて聞くミレーヌの怒りの声に俺たちは黙ってしまった。

「あなたたちは避けられない死というものを感じたことはありますか？　もう何をしても避けることのできない明確な死が目の前にあるということが、どれほどの恐怖かわかりますか!?　リンクたちが来るのを待っていれば、なんて言いますが、そんなのを待っていたら既に私は殺されていました！」

「……ミレーヌ」

「そこで提案されたのが、配下になる代わりに私の命を助けてくださる、というものでした。あなたたちの助けなんて当てにはできませんでしたし、私自身死にたくありませんでしたから。ただ、その条件があなたたちを殺すことだっただけです」

なんでもないような言い方をするミレーヌ。これは俺たちのせいなのか。俺たちが遅れてしまったからミレーヌは……。

「ククッ、ソレダケデハナイ。言葉ダケデハ信ジラレナカッタタメ、コイツニハ痛ミヲ耐エル、トイウノヲヤッテモラッタノダ。顔ヲ涙や鼻水デグジャグジャニシテ、体中ノ体液ヲ垂レ流ソウトモ、止ム事ノ無イ痛ミガ続クトイウモノヲ」

「ううっ、思い出しただけでもアレは辛かったです。幻の痛みとはいえ、殴られ蹴られるのは当たり前、爪を剥がされ、面白半分で剣で切られ、終いには村人たちからナイフで体中を刺されて……」

……なんの話だ？　ミレーヌはそんな苦痛を味わわされていたのか？

「ただ、今はあの方と同じ苦痛を味わうことができてよかったと思います。なんとか耐えられた私を、体中汚れて汚かった私を、あの方は優しく抱きしめてくださいました。これで本当の仲間だって！　汚かった体も丁寧に洗ってくれて、優しく頭を撫でてくれて……ふふっ、それから今日までの日々はまるで天国のようでしたから！」

「毎晩ギシギシトウルサイシナ」

……なんなんだよこれは。夢でも見ているのかよ。まるで熱に浮かされたように頬を赤く染めるミレーヌ。これまで見たことのないミレーヌを、この短時間でいくつも見せられた俺たちは全く動くことも、声を発することもできなかった。

そして、熱に浮かされた表情のまま俺たちを見てくるミレーヌ。その表情とは裏腹に、とんでもない殺気が俺たちを包む。

「だから、私のために死んでください♪」

まるで楽しむかのように、そんなことを言ってくるミレーヌ……もう昔の優しかったミレーヌはいないのか。

「ホーリーレイン」

そんなことを考えていたが、ミレーヌは待ってはくれなかった。ミレーヌが空に向かって光の玉を放り投げる。宙に浮いた玉から降り注ぐ光の礫は、まさに雨のようだった。

「くそっ！　お前ら頭を下げろ！」

呆けた俺たちをガンドは引き寄せて、俺たちを守るために盾を空に向かって掲げる。空から降り注ぐ光の礫は、盾へと降り注ぎ軽快な音を鳴らす。しかし、音から想像のできないほどの威力が、ガンドを襲う。

「ぐうぅっ!?　なん、つぅ威力だよ!?」

ガンドは歯を食いしばりながら両手で盾を持ち上げるが、かなりキツそうだ。くそ、こうなったら一か八かこの盾から出てミレーヌを止めるか。

「マリエ、俺に強化の魔法を使ってくれ」

「ど、どうするの？」

「ミレーヌを止める」

俺たちが知っているミレーヌじゃないかもしれないが、このまま黙って殺されるわけにはいかない。ミレーヌを取っ捕まえて目を覚ましてやる！

　俺はマリエに魔法をかけてもらいガンドの盾から飛び出す。空から光の礫が降り注ぐが、マリエにかけてもらった魔法と自分で発動している身体強化のおかげで、少し血が流れる程度だ。

そのまま真っすぐミレーヌに向かおうとするが、横から巨腕が迫る。異形の奴が腕を振って来たのだ。ミレーヌが現れた時は動きを止めていたのに……邪魔するな！

「職技『炎翔剣』！」

異形の迫る拳に合わせて、下から剣を振り上げる。振り上げた際に、俺の剣に魔力が集まり炎を纏う。これは職技の効果のせいだ。そのまま燃える剣を異形の拳へとぶつけると、ぶつかった箇所から燃え広がり始めた。

アンデッドは昔から火に弱いとされている。案の定、異形も火を消そうと燃えた拳を地面に何度も叩きつけていた。

もっと初めから使えばよかったのだけど、こればかりに頼ってしまうと、すぐに体力と魔力が尽きてしまうから、あまり乱発できないので今まで使わなかったのだ。

燃える異形を横目に俺はミレーヌの方へと向かう。その途中で後ろから異形が飛んで来た。異形はそのままローブの奴の方へと飛んで行くが、ミレーヌの障壁に阻まれる。

「わらわらわらわらと湧いて来やがって。鬱陶しいんだよ！」

怒号とともに吹き荒れる風。そして風を纏ったアラシが俺の横を通り過ぎて俺より先にローブの奴の方へと向かった。

「死ね！　職技『風天撃』！」

職技で風を纏わせた魔剣に、魔剣そのものが持つ風を纏わせて、障壁を壊すために振り下ろされた。障壁は簡単に割れて斬撃はローブの奴へと迫る。ローブの奴は動くそぶりを見せないが、どこからか杖を取り出し、カンと地面を叩く。

するると、地面からスケルトンが大量に現れて、奴を守るように覆っていった。何体も何体も重なり厚い壁となった骨へとアラシは魔剣を叩きつける。

重なった骨は吹き飛び粉々に砕け散ったが、ローブの奴は無傷で、アラシに向かって杖を構えていた。

「ダークバレット」

そして、杖の先端から放たれた闇の弾。アラシは風を纏って闇の弾を逸らすが、いくつか被弾し、地面を何度か転がる。

アラシはすぐに立ち上がり動こうとしたが、その時足元から骨の手が這い出て来てアラシの足を掴んだ。そのせいでバランスを崩したアラシは地面に倒れ込み、その上に異形がのしかかった。

このままではまずいと思った俺はアラシの元へと向かおうとするが、俺の進む道を阻むように光の弾が飛んで来た。

「もうっ、私を放ってどこかに行こうとするなんて、リンクは女心がわかっていませんね」

光の弾が飛んで来た方では、ミレーヌが俺に向かって手を向けて頬を膨らませて怒っていた。こうなる前だと可愛らしいと感じられたその姿も、今ではそう感じなくなった。

「くそ、退け！　吹き荒れ……」

「オット、サセルナ」

アラシが魔剣を使おうとした瞬間、異形が腕を振り下ろした。魔剣を握っていたアラシの右腕は、グシャと異形の巨腕に潰されてしまった。

木霊するアラシの叫び声。その声に反応したかのように周りのゾンビたちが集まって来た。ガンドやマリエもアラシを助けるためにゾンビたちを倒すが、数に圧倒されて近づけず、俺もミレーヌが邪魔するため手が出せなかった。

「邪魔をするな、ミレーヌ！」

「本当に無粋ですね。私とのラストダンスぐらい楽しんでくださいよ」

くそっ、ここでもやっぱりミレーヌが邪魔して先に進めねえ！　そしてそうこうしている間にゾンビたちはアラシの元へと集まり、

「く、来るんじゃねえ！　来るな来るな来るなぁ！　あああぁぁぁあああ！！！」

ゾンビたちはアラシへと倒れ込んで行った。そしてアラシの叫び声に混じって聞こえて来る咀嚼音。アラシの叫び声はいつの間にか消えて、聞こえるのはゾンビたちが食べる音だけだった。

「きゃあっ！」

「ぐっ！」

ゾンビに囲まれていくアラシを見ていたら、後ろから悲鳴が聞こえる。振り向くと、ゾンビたちに押さえつけられたマリエと、アラシと同じように異形にのしかかられたガンドの姿があった。

「お前ら！」

「オット、動クナ」

2人の元へ行こうとすると、地面からスケルトンが飛び出して来る。両手両足を掴まれた俺はその場で倒れ込んでしまった。

「フン、オマエ程度ナライツデモ捕ラエル事ハ出来ル。アマリ調子ニ乗ルナヨ。ソレニシテモAラ

ンクトハ話ニモナラナカッタナ。コノ程度ナラ簡単ダナ」

「あら、冒険者を甘く見てはいけませんよ、ネロ様。Aランクでも強い人はいます。彼は魔剣に頼り過ぎなだけですからね」

「覚エテオコウ。ソレヨリモ、早ク目的ヲ果タセ」

「そうですね。早く終わらせて会いに行きませんと！」

そう言ったミレーヌはマリエの元まで歩く。俺やガンドがなんとか動こうと暴れるがビクともしない。

「……ほ、本当に私を殺すの、ミレーヌ？　私たち仲間だったじゃない⁉」

「ええ、だからせめてもの情けで私の手で殺してあげますよ。ゾンビたちに食べられてあのように仲間入りするのは嫌でしょう？」

ミレーヌが指さす先には、さっきゾンビたちに襲われたアラシの姿があった。ところどころ食い千切られて醜いゾンビとなってしまった。

「マリエさんに選べるのはああいう風にゾンビになるか、私に殺されるかのどちらかです。さあ、早く選んでください」

「ま、待って、待ってよ！　わ、私まだ死に……」

涙を流しながら何かを言おうとするマリエの頭が飛んだ。何度か地面を跳ねてころころと転がって行く。

「時間切れです。早く帰りたいんですからさっさと答えてくださいよ」

全くもう、と言いながらそのままガンドの元へと行くミレーヌ。まるで散歩をするかのような普通の対応に俺は動くことができなかった。気が付けば手には光魔法で作った剣が握られていた。あれでマリエを殺（や）ったのか。

マリエが殺されたという事実が、ジワジワと血が流れるように頭の中を巡る。もう目の前にいるのはミレーヌなんかじゃない。ミレーヌの姿をした化け物だ。

俺は、なんとか動こうと暴れる。腕が悲鳴を上げようともなんとしてものしかかる異形を退けてガンドを助けないと！　だが、俺の力では異形を退けることができずに、ガンドの首にミレーヌの剣が突き立てられた。

「ふぅ、これで2人目です。さあ、最後はリンクですよ。何か言い残すことはありますか？」

「……この……たが」

「え？　声が小さくて聞こえませんよ？」

「この売女（ばいた）が！　マリエやガンドを殺しやがって！　お前を助けるために命を懸けて来たのに！　絶対に許さねえ！　ぶっ殺してやる！　お前みたいなクソ女ぶっ殺してや……がっ⁉」

俺がミレーヌに向かって叫んでいたら突然頭に衝撃が走った。そして上から押されるように地面に顔面を勢いよくぶつけて鼻が潰れた。本来ならかなりの激痛があるはずなのだが、今はそれどころではなかった。何故なら、

「おいおい、人の女（モノ）を侮辱するなよ」

頭の上から注がれる殺気がまるで俺の心臓を止めるかのように降り注いだからだ。そしてずぶりと体に何かが突き刺さる感触。最後に視界に入ったのは、誰かを見て嬉しそうに微笑むミレーヌの姿だった……。

「ふわぁぁ～……もう朝か」

窓から明るい太陽の光が射すなか、僕は目が覚めた。まだ、完全に起きていない頭で辺りを見回す。すると、ぼーっとしている僕の左手が何か柔らかいものに挟まれる。左側を見ると、

「うへへぇ～……ハルトしゃま～」

と、僕の左手を抱きしめるように、一糸纏わぬ生まれたままの姿でミレーヌが眠っていた。いつもは僕より早く起きているのだが、昨日は彼女の元仲間を殺したご褒美と、あの男に罵倒されて傷付いた心を癒すために少し激しくしちゃったからな。まだ、疲れているのだろう。

柔らかい感触が名残惜しいけど、深い谷間から左手を抜く。僕の左手の感触がなくなったからか、ミレーヌは眉を顰めて悲しそうな顔をするが、頭を撫でてあげるとまたにへらぁ、と笑みを浮かべる。起きて……ないよね？

でも、隣で気持ちよさそうに眠っている彼女を愛おしく思うほどに、僕自身やっぱり壊れてしまったんだと感じてしまう。

隷属する前はただの肉塊にしか見えなかったこの柔らかい胸や、醜い豚にしか見えなかったこの顔も、とても綺麗で愛らしく見えるのだから。

いや、元々はそう感じるのが正しかったのだろう。同じ女であるリーシャからも、ミレーヌは綺麗だと言われるほどだ。僕の見え方が変わってしまったのだろう。

理由は簡単だ。何も縛っていない相手だと信用できなくなっただけだ。その元凶は当然だが村での出来事だ。親しいと思っていた者たちにナイフで体中を刺され、好きだった人にも刺されたのだから。そのうえ、目の前で殺される母さんを誰も助けてくれなかったのだから。

だから、普通の相手は信用できない。いつ裏切るかわからないからな。それに比べたら、僕の魔力で復活したリーシャたちや、隷属で縛っているミレーヌは僕を裏切ることのない僕の所有物だ。

僕は昔から自分の物は大切にする主義だからね。当然、僕の物となったリーシャたちは大切に扱うし、ミレーヌにだって愛着は湧く。その代わり、僕の所有物を傷付ける奴は絶対に許さない。

……そのせいで昨日飛び出しちゃったけど。ミレーヌの元仲間の男が、僕の大切な物を侮辱したから、ついイラっとして飛び出してしまった。本当は出ることなく見ているだけだったので、計画を少し狂わせたことをネロに怒られてしまったけど。まあ、後悔してないけどね！

ただ、こんなにも早くミレーヌに手を出してしまったのは、ないなと自分でも思う。だけど、これは仕方ないと思う。あんな可愛い女の子が自ら体を引っ付けて来るんだぞ。童貞に抗（あらが）えるわけがないだろう！

僕は心の中でそんなことを叫びながら、ズボンだけはいて部屋から出る。今僕が住んでいるのは町長が使っていた屋敷の隣にある別館だ。町長の屋敷は町長に使ってもらわないといけないから、こっちを使っている。

部屋を出るとすぐリビングになっており、既にリーシャがフォークを両手に持って朝食を待っていた。

「おお、おはようマスター。昨日は激しかったな」

「……おい、その言い方やめろよ。恥ずかしいだろうが」

「別にいいではないか、本当のことなのだから。そんなことより、早く座ってくれ。ネロの奴がマスターがいないと朝食は出さないって言うんだ！」

「当タリ前デスヨ、リーシャサマ。我ラノ主デアル創造主ヨリ先ニ食ベルナドイケマセヌ」

リーシャが文句を言っていると、奥の方からネロがお盆に料理を乗せてやって来た。今はもう見慣れたけどローブを着た骸骨がピンクのエプロンを着けているのは不思議で仕方ない。合わな過ぎる。

ネロは僕たちのなかでも家事すべてが得意だ。掃除、洗濯、料理は勿論のこと、裁縫までこなしてしまう。

今では家のことはネロが率いるスケルトン部隊に任せている。意思のないスケルトンでも、家事ができる奴を何処からともなくネロが連れて来るんだよな。ネロ曰く、死ぬ前の技能は死しても身に染み付いているのだとか。

ネロ以外にもスケルトンたちが次々と料理を運んで来る。僕もいつもの位置に座り、目が覚めたミレーヌは僕の隣へと座る。ネロは食べられないため3人での食事だ。

「そういえば、捕らえた兵士たちはどうした？」

「奴ラノ殆ドハ死ンダタメソイツラハ配下ニシタ。奴ラヲ率イテイタ隊長タチハ、操リ領主ノ元ヘト帰シタ」

「よし、それじゃあ、結果が出るまで待機だな。この地の領主を手に入れたら周りの領主たちを呼べ。段取りはネロに任せる。その後は国取りだ」

「了解シタ、創造主ヨ。ソノ命ヲ遂行ショウ」

1週間後。

「アトラ様！　アトラ様！」

執務室の外をドタバタと走る足音。そして勢いよく開けられた扉。私は眉を顰めながら扉の方を見る。扉を勢いよく開け入って来たのはシリューネ領団長だった……珍しいですね。彼がこんな慌てて入って来るなんて。

「何かあったのですか？」

「港町フリンクに蔓延る死霊系の魔物の討伐に向かっていた隊が戻って来ました」

だから慌てて部屋へと入って来たのですね。しかし、シリューネ領団長の表情がよくありません。これはまさか。

「ただ、帰って来た者は２００もありませんでした」

「どういうことですか!?　あの町へと向かった人数は２０００近く……」

「その殆どが殺されたようです！」

私はシリューネ領団長の言葉で力なく座り込んでしまいました。冒険者の数を合わせての２０００という数は、この領地での殆どの戦える者の数になります。それが殺されたとなれば……。

「……ともかく、帰って来た者に会いましょう。どちらに？」

「こちらです」

私はシリューネ領団長の後に続き部屋を出ます。シリューネ領団長に案内されて来たのは、屋敷の中庭でした。そこには全身傷だらけの兵士たちが座り込んでいました。

皆、目に生気はなく、動く気力もないといった感じです。そのなかで私たちに気が付いた兵士が1人やって来ます。彼は確か……今回の戦いの指揮を任せた兵士です。彼は私の前まで来ると膝をついて頭を下げてきました。

「申し訳ございません。町を取り戻すことができませんでした！」

頭を地面に付けるほど下げる兵士。私は力が抜けそうになるのをなんとか踏ん張ります。ここで倒れている暇はありません、なんとか今後のことを考えないと。しかし、それを考える時間はありませんでした。

力なく座り込んでいた兵士たちが、突然周りにいた兵士や侍女たちを襲い始めたのです。圧倒的に数で劣る私たち。私の前に立ち守ろうとしてくれるシリューネ領団長も10人近くの兵士たちに取り押さえられてしまいました。

「な、何をするのだ！　貴様！」

「命令……遂行……する」

虚ろな目で私に近づく隊長……これは誰かに操られて……くっ、背後から私の腕を掴む兵士たち。私は動くことができずその場に座らされる。そして、隊長の手には奴隷が着ける隷属の首輪が握られていた。

私は抵抗する間もなくその首輪を着けられる。そして命令される。命令は周辺を治める領主を集めよというものだった。シリューネ領団長たちが目の前で殺されるなか、私は与えられた命令をこなすために動くのだった。

足掛かり

1ヶ月後。

「……私の治世は間違っていたのだろうか？」

力なく椅子に座り込み頭を抱える男性。最近金髪に少し白髪が交じると苦笑いをしていた男性だが、今は疲れにより普段以上に年をとったように見える。男性の名は、メストア7世。このメストア王国の国王である。そして私、ヘンリル・メストアの父だ。

父上がそのようになった原因は手元にある1つの書状のせいだ。毎日午前にやっている会議中に、会議室に慌てた兵士が入って来たのが事の発端だった。

本来は国事を話し合う会議中には、余程のことがない限り入室は許されないのだが、国の一大事なので入ってもらったのだが、その内容がとんでもないものだった。

簡単な話が、南部を治める貴族たちによる内乱だった。しかも、我が国の主要産業である漁業を担っている領地すべてがその内乱に加わっているのだ。

内乱に加わった貴族の数は、その南部を含めて20。なかには大貴族である侯爵も含まれている。

「陛下よ。このことを同盟国へ相談するべきでは？」

「……ならぬ。内乱が起きたから助けてくれなど、同盟国とはいえ話せば、奴らは遠慮なく兵士を連れて入って来る。そして、抑えた功績として無理難題を押し付けて来るのが目に見えている。特に我が国唯一の漁業に対する価格などな」

確かに、この国で捕れる魚介類の輸出にはかなりの税がかけられている。理由は、塩漬けなどせずに新鮮なまま運ぼうとすると、かなりのコストがかかってしまうからだ。そのため、どうしても商品の価格を高くしなければ、元が取れずに他国に売る利益がないのだ。

当然、何度も同盟国とはそのことで揉めたりしているため、今回頼めば必ずと言っていいほど、その話が浮上するのは目に見えている。

だが、大臣の言う通り、この現状を打破するには同盟国に頼らないと厳しい部分もある。

「……とにかく、同盟国の件は一旦保留だ。将軍よ。すぐに動かすことのできる兵士はどのくらいだ？」

「はっ、王都の兵士や周りの貴族の方の兵士を合わせれば1万2000ほどでしょう。1週間もあれば倍近くにはなるとは思います」

「ふむ、将軍は万が一に備えて軍の準備を。宰相よ、首謀者に使者を送るのだ。今ならまだ間に合うと」

「わかりました、陛下」

父上の言葉を最後に大臣たちは対策のために部屋を出て行く。部屋に残ったのは椅子に深く腰を掛けて疲れた表情を浮かべる父上と私だけだ。

「……ヘンリル、お前も準備をするのだ。最悪の場合は戦わなければならぬからな」

「わかっております。ただ、これだけは言っておきたかったのです。父上の治世が間違っていたとは思いません」

私はそれだけ言って部屋を出る。今まで父上が間違った政治をしていたとは全く思えない。民からも人気があり、慕われている父上だ。間違っていればそんなことにはならない。

問題なのはこの意味のない内乱を引き起こした貴族たちだ。書状にはただ父上が王とは認められない、ということしか書かれていなかった。そんな意味のわからない理由でこのような内乱を引き起こしたのだ。許せるはずがない。

私はこれからのことを考えながら自室へと戻る。そこには従者であり、幼馴染のユネスが立っていた。

「ヘンリル殿下、お話は聞かれましたか？」

「当然だ。そのことで王宮の中は大騒ぎだ。それで状況は？」

「よくはありませんね。内乱を起こした貴族たちの兵士の数が7000ほど。雇われた冒険者を合わせると9000ほどといわれています」

「……勝っても負けても国的にはよくはないか」

だが、このまま負けるわけにはいかない。たとえ国力が落ちたとしても、負けるよりは遥かにマシだ。負ければ国そのものがなくなってしまうのに比べれば。

しばらく私とユネスが内乱のことで話し合っていると、扉を叩く音が聞こえる。ユネスが私を見てくるので頷くと、扉を開ける。そして入って来たのは、

「聞いたぞ、ヘンリル。今南部の貴族たちが兵を集めていると」

「そうですが、姉上はここで待機ですよ」

「なんだと!?　なぜ私がここで待機なのだ!?」

私の執務用の机をバンッ！　と叩く女性。赤髪のポニーテールをした女性は私の姉であり、この

国の第一王女であるアークフィア・メストアだ。

　魔法剣士という珍しい職業を持っており、そのなかでも炎を使った剣術が得意なことから、兵士たちや同盟国からは畏怖を込めて『炎姫』と呼ばれている。

ただ、勉強よりも剣術が大好き、刺繍をするよりも魔法が大好きという男勝りな性格のせいで、私より2歳上の23歳だが、いまだに結婚相手が見つからない。ちなみに私は既に結婚している。

「この国で一番の戦力である姉上をそう簡単に王都から離すわけにはいかないのです。わかるでしょう？　それに、今回は魔物などを相手にした殲滅ではありません。敵とはいえ同国の民です。そんな彼らを皆燃やし尽くすつもりですか？」

「……むぅ、確かにそうだが」

「姉上はこの王都を守ってください。私は出ることになると思いますが、王都には父上に母上、私の妻もいるのです。そんななか、姉上がいるからこそ私たちは前を向いて戦えるのですから」

　私の言葉に渋々だが納得してくれた姉上。できれば姉上に出てもらうことなくこの戦いが終わればよいのだが。何故か、そうはならないと考えてしまうのだった。

「……アークフィア・メストアねぇ」
「はい。この国の第一王女で、他国からも『炎姫』と恐れられる方です」
　眼鏡をくいっと上げるミレーヌ。この国のことについてミレーヌから教えてもらっていると、そんな女性の名前が出て来た。炎が得意か。アンデッドの弱点は火か聖属性だからなぁ。その女性が出て来た際は気を付けないと。

「その女性にはリーシャをぶつけるかもしれない。その時は大丈夫だよね？」

「勿論だとも。ふふっ、今からでもワクワクするな」

んー、不安だがリーシャなら大丈夫だろう。今回初めの方は僕たちはずっと見ているだけ。操っている貴族たちに頑張ってもらわないと。貴族たちを集めて洗脳した意味がないからね。

今回の戦争は、地盤となる土地を手に入れるのと同時に、一気に手下となるアンデッドを手に入れるのが目的だ。こちらの数を減らさずに逆に死体を増やすために。

上手いこと同士討ちしてくれるのが理想だな。まあ、殺すのは兵士だけにしておこう。住民を殺すと、国が回らないからね。そうなったら生活も面倒になるし、何より、美味しい食べ物がないとリーシャがうるさい。

クロノの作品も試してみたいけど、それは余裕があればにしようかな。余裕を持ち過ぎて負けるのが一番嫌だからね。

こっちの兵士がぶつかるのは2日後だ。それまではもう少しミレーヌ先生から周辺諸国について聞こう。僕が知っているのは聖王国と住んでいたところぐらいだからね。

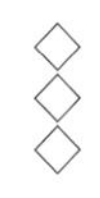

「……わかってはいたが、この光景はこの国の王子としてキツイものがあるな」

私の眼前に広がる光景。隊列を組み整然と並ぶ姿がより悔しく感じる。本当なら私たちとともに並ぶべき仲間たち。その仲間たちへとこれから刃を向けなければいけないのだから。

「覚悟をしてください、殿下」

「わかっている。我々も負けるわけにはいかないからな。準備はできているか、将軍？」

「はい、殿下。既に命令は出しております。後は最後の確認をするだけです」

「わかった。やってくれ」

私の言葉を聞いた将軍が兵士たちへと指示を出す。そして、こちらから騎馬の一兵士が、反乱軍の方へと向かって行く。

兵士は我々の軍と反乱軍との間の中間地点で止まると、反乱軍へ最後の降伏勧告をする。これで降伏してくれればいいのだが……ここまでやって来てそんなことはないか。反乱軍は勧告を無視して矢を放って来た。兵士には当たらなかったが、あれは明確な敵対行動だ。

「……残念だが、最後の勧告も撥ね付けられた。全軍、戦闘準備を」

ここまで士気の上がらない戦いは初めてだな。それも当然といえば当然だが。同じ国の人間同士で争うのに士気が上がる方がおかしい。

「放てぇ！」

そんなことを考えていたら将軍の号令により放たれる矢。弓兵隊が矢を放ったのか。反乱軍は盾を掲げるが……なんだあれは。

普通ならば矢を防ぐ時は、何人か一組で隊を作り、盾を合わせて大きな壁にするのだが、盾の掲げ方はバラバラ、盾と盾の間には隙間ができ、兵士に矢が刺さる。反乱軍を指揮している奴は馬鹿なのか？

「殿下、これは罠ですかな？」

「……わからない。わからないが、油断はせずに進ませろ。将軍の言う通り誘き寄せるための罠かもしれない……もしそうなら、それを考えた奴は最低だがな」

私の言葉に頷く将軍。少しでも早くこの戦いを終わらせよう。こんな意味のないことで兵士たち、我が国の民たちを傷付けるわけにはいかない。

それから、少しずつ距離を縮めて行き反乱軍を包囲する。反乱軍のなかには指揮官がいないのか、兵士たちは勝手に動き回るだけで、全くまとまっていない。よかったのは最初の隊列だけだ。

全く反乱軍の意図がわからない。自ら宣戦布告した割には全く戦いにならない。何か、勝機があるから反乱したわけではないのか？

「……殿下、どうします？　この感じなら、降伏を再度勧めれば初めの頃よりは頷くと思いますが」

どうするべきか。確かに将軍の言う通り反乱軍は既に壊滅状態だ。隊列など崩れているどころか、なかには逃げ出す者もいる。軍なんてあってないようなものだ。

「そうだな、降伏する者は手厚く対応をするんだ。抵抗する者もなるべく殺さないように」

「わかりました」

それから、将軍が指示を出していき、反乱軍の大半が降伏をした。ここまで開戦から1時間も経っていない。そしてあっという間に反乱は鎮圧された。

戦後処理のため私が陣に戻り、テントの中で書類を整理していると、将軍が入って来る。因みにユネスは王都へと戻っている。この状況を父上に伝えるためだ。

「首謀者は？」

「それが、貴族たちは見つからず、この軍を率いていた大将は、普段は町の中隊長をしているような男でした」

「なんでそんな奴が大将を？　……とりあえず連れて来てくれ」

私の指示で将軍が連れて来たのは、確かに冴えない男だった。ずっとぶつぶつと「自分は悪くない」とか「無理矢理やらされたんだ」とか言っている。

「お前はなぜここに連れて来られたかわかっているな？」

「ま、待ってください、殿下！　ち、違うのです！　私は無理矢理この役目を負わされたのです！　信じてください！」

「なら、お前にこのようなことを命じた奴は誰だ？　侯爵か？」

「そ、それは……ぐぶっ？」

私が捕らえた兵士に今回の首謀者について問いただそうとした時、突然兵士が苦しみ始めた。私の前に将軍が立ち塞がり庇ってくれる。その間も兵士は地面をのたうち回って苦しんでいる。そしてしばらくすると兵士はピクリとも動かなくなってしまった。

「……死んだのか？」

「わかりませぬが、私が確認しますので殿下はお下がりください」

将軍はそう言うと慎重に兵士へと近づいて行く。私も何かあればすぐに動けるように構えながら眺めていると、兵士がガバッと勢いよく頭を上げる。私たちは咄嗟に構えるが、相手はそこから動

かない。それもそうか、手足は縛っているのだから。そして、

「ヤハリ、即席ノ軍デハ勝テナイカ」

突然話し始める兵士。ただ、雰囲気からして先ほどまでの兵士ではない……誰かが乗り移っている？　そんな魔法があるのか？

「……お前は誰だ？　今回の首謀者か？」

「コレハ始メマシテ、殿下。ソシテマンマトカカッテクレテアリガトウ」

明らかに見下したように笑みを浮かべる兵士。いや、笑っているのは兵士ではないのだが、それでも切りつけたくなる。今は我慢しないと。こいつから少しでも情報を集めるために。

「オ礼ニプレゼントヲアゲルヨ。喜ンデモラエルトイイノダガ」

兵士に乗り移った誰かがそう言った瞬間、外から人のものとは思えない叫び声が聞こえて来た。断末魔のような叫びが頭を揺らす。こ、これは!?

「サア、第2ラウンドト行コウジャナイカ。後ソレカラ、早ク王都ニ戻ッテ来ナケレバ、王都ハ無クナルゾ？」

それだけ言うと兵士はガクッと頭を下げて倒れてしまった。今度こそは本当に死んでしまったようだ。

私と将軍が慌ててテントから出ると、外では戦いが始まっていた。それは先ほどまで戦っていた反乱軍ではなく、反乱軍の死体が動き出したゾンビたちに、地面から這い上がって来るスケルトン。そして、人間を何体も合わせたような巨大な化け物だ。

「な、なんだこれは？」

全く予想していなかった事態に逃げ惑う兵士たち。それもそうだ。命を懸けた戦いが終わってすぐだ。気が緩んでいたところにこんなことが起きて、慌てるなと言う方が無理だ。

「とにかく、早くここを離れるぞ！　早く立て直せば倒せる数だ！」

「わかりました！」

……それに、首謀者の最後の言葉が気になる。王都で何かが起きているのか？　……くっ、悔しいが頼みましたよ、姉上。

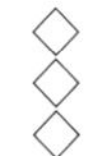

「やっぱり、烏合（うごう）の軍では正規軍には勝てなかったな」

「ソレモ仕方ナイ。イタノハ一番上デ町ノ中隊長クラス。アンナノガ軍ヲ率イルナンテ出来ルワケガナイ。軍ヲ率イル事ノ出来ル兵士ハ皆王都ノ正規軍ニイルカラナ」

「そうだな。まあ、それ込みで考えていたからマイナスではないからいいんだけど。逆に配下が増えて軍の足止めもできて、作戦的には成功だろう」

　僕たちは仲良く並びながら歩いて行く。仲良く話している姿からは、こんな話をしているなんて想像できないだろう。

　既に僕たちは、メストア王国の王都へと来ていた。貴族たちを使って反乱を起こさせたのは、軍の目をそちらに向けさせるため。別にこの王都の中で戦ってもよかったのだけど、一般市民が巻き込まれるのはよくないからね。

別に、可哀想とかそういう意味ではない。働く者がいなければ国は回らない。そうなれば、食べる物なども入って来ない。するとどうなるか……リーシャが怒るんだよ。こいつは、本当に食事に関してはうるさいからな。あまり殺し過ぎると経済が回らないから、そういうのも考えないといけない。それに、戦えない奴より、戦える兵士を配下にした方が自力が違うしね。

「ふむ、やはり聖王国の王城に比べたら小さいな」

そんな元凶のリーシャがとんでもないことをのたまう。……おい、王城の目の前でそんなことを言うなよ。兵士たちが睨んでいるじゃないか。

「そうですね。ハルト様が住むには小さ過ぎる気がします」

こら、ミレーヌも乗らなくていい。確かに、ここを拠点とするつもりではあるけど、無駄に大き過ぎるのは好きじゃない。色々とあったけど僕の心は庶民だ。小さい普通の家の方が安心するんだから。

「デハ、建築ノ出来ルスケルトンニ造リ直サセヨウ」

させなくていいから。しかも、なんだよ、建築のできるスケルトンって。そんなスケルトンがいたら……戦いで有利になるじゃないか！

「お前たち、由緒ある王城に向かって何を言うんだ！」

おっと、流石に聞こえているか。気が付いたら目の前で3人の兵士が僕たちを睨んでいた。遠巻きに、王都の住人たちがヒソヒソと見ている。まあ、周りからしたら僕たちは怪しいからね。

黒いローブを着た僕、フードまでかぶったネロ、全身黒で金色のラインが入った修道服を着たミレーヌ、黒と銀色の新しい鎧を纏ったリーシャ、こんな黒ばかりの集団を見たら、誰でも怪しく感

じるよな。そんなことを考えていたら

「おい、貴様たち、聞いているのか!?」

と、兵士の1人が怒鳴って来た。かなり怒っているようで既に腰の鞘を握り僕たちを睨みつけていた。沸点低いなぁ。まあ、無視だけど。

「ミレーヌ」

「はい」

ミレーヌが兵士たちに指を向けると、光の縄が兵士たちを捕らえる。その場に倒れた兵士たちを僕たちは見向きすることなく通り過ぎる。

「さあ、行こうか。自分たちの家になるんだ。真正面から玄関を潜(くぐ)ろうか」

僕は暗黒魔術を発動する。右手に闇の弾を作り、王城の門へと放つ。大きな音とともに吹き飛ぶ門。僕たちは開いた門を堂々と通り抜ける。

「ネロ」

「了解」

ネロに指示を出すと、ネロはローブの中から小袋を取り出す。取り出した小袋を宙に放り投げ、魔法で袋を破った。そして小袋から飛び散る石のかけら。

石のかけらは、魔結晶と呼ばれる魔力が凝縮されてできたかけらだ。それだけで魔法の発動媒体となるもので、主に魔物の体内で長い年月をかけてできる物である。

普通なら魔物を倒して取るか、魔力の密度が高い洞窟などで採掘しないといけないのだが、今回は僕が無理矢理作った。

これは、魔力の高い人なら誰でも作れるらしい。ただ、長い時間をかけてできた天然の魔結晶に比べたら、使える魔力の量は少なく脆いのだ。

この世界にはクロノが考えて、聖王国に盗まれた魔道具がある。クロノが作ったのに比べたら粗悪もいいところだが、それを動かすためには魔結晶が必要で、みんな壊れないように使うのだ。だから、人工の壊れやすい魔結晶は、魔道具には使えない……のだが、僕の魔結晶を使いクロノが作った魔道具は問題ない。この辺は実力の差だと思う。

散りばめられた魔結晶は地面に落ちた衝撃で効果が発動する。その効果は対となる魔結晶を持つものを強制的にこちら側に転移させるものだ。罠とかでも使えるけど、今回は、

「アアアァァァァアア！」

「痛い痛い痛い痛い痛い!!」

「ころしてぇ、ころしてぇ、ころしてぇ、ころしてぇ!!」

200体近くの異形、ネロはこいつらのことをオプスキラーと呼ぶ。そんなオプスキラーたちが僕たちの後ろに並ぶ。この光景を見た住人たちは叫び逃げ惑う。

「さて、行こうか」

城を貫いにね。そんな僕の気持ちが伝わったのか、ネロが手に持つ杖を王宮の方へと向けて、

「行ケ、オ前タチ」

と、指示を出す。その指示に動き出すオプスキラー。あんまり殺すなよー。生きている兵士も少な過ぎると困るからな。

そして、流石にさっきの門を破壊する音のせいか、城の中から兵士がやって来る。外からもやっ

て来た。あらら、普通に挟まれてしまった。

「な、なんだこの化け物は!?」

「怯むな、お前たち！　将軍たちがいない今、王都を守るのは俺たちの役目だ！　攻撃開始！」

現れた兵士たちはオプスキラーに向かって魔法を放って来る。放って来る魔法で多いのはやはり火魔法だろう。死霊系の魔物だとわかっていれば使って来るからな。だけど、そのことの対策をしていないわけないだろ？

オプスキラーの体内には、吸魔結晶というのが埋められている。僕の魔力で作った人工の魔結晶を使って、クロノが作ったものだ。初めにクロノが作った吸魂のネックレスを参考にしている。吸魔結晶はその名の通り魔力を吸収する結晶であり、内外問わずに装備している者に触れる魔力を吸収する。

なので、敵からの攻撃である魔法の魔力すら吸収してしまうのだ。これで、オプスキラーに対する火の魔法も吸収している。

ただ、当然ながらデメリットもある。それは、装備者自身の魔力も吸収してしまうことだ。そのため、装備者は魔法を放つことができず、装備している間も自身の魔力が吸われてしまうのだ。目の前のオプスキラーたちも現在進行形で吸われている。こいつらは、魔力がなくなると死体に戻ってしまうので、それまでにある程度進まないといけない。吸魔結晶は、防御の面では便利だが、改良の余地は大いにありだな。

ただ、それを差し引いても使えるし、元々魔法の使えないオプスキラーたちには関係ない。あいつらの強さは、物理攻撃を殆ど受けない防御力と、すべてを叩き潰す攻撃力だ。

今も、兵士たちを襲っている。あんな筋力で殴られたら、鎧を着た兵士でも耐えきれないだろう。あっ、そうだ。あいつも使おう。

「ネロ、あいつらを使おう。いい、ミレーヌ？」

「私は構いません。ハルト様のご意思のままに」

ミレーヌの頷きを見て、再びネロに指示を出す。ネロはニヤリと笑った……ような雰囲気を出して地面に手を付ける。そして、魔力を注ぐと、新たな下僕が地面から現れる。

現れたのは4体の魔物。1体目は全身を赤く染めた魔物。2体目は首のない巨人。3体目は目や口を縫われて閉ざされた女。そして4体目は右腕が剣と一体化したゾンビ。

こいつらは、ミレーヌの元仲間とAランク冒険者だ。あの時殺した後に改造して配下にしておいたのだ。

ミレーヌに暴言を吐いていたリーダーっぽい奴は、ゾンビの上位種であり、鋭い爪と毒を持つクリムゾンリーパーへと。

盾を持っていたでかい奴は、リーシャと近しい種族であるジャイアントデュラハンに。

ミレーヌに命乞いをしていた女は、呪いを与える魔物、カースエンチャンターへとなった。

最後のAランクの冒険者は、右手が風の魔剣と融合したゾンビソルジャーへと。

それぞれが強力な新たな下僕となったのだ。ミレーヌは何か感じるかな？　と、思ったけど、僕の役に立てるのが羨(うらや)ましいと、彼らに嫉妬をしていた。可愛い。ミレーヌは側にいるだけで役に立っているから。こんなささくれた心を持つ僕を癒してくれる存在として。

「行ケ」

ネロの指示で走り出すクリムゾンリーパーとゾンビソルジャー。ジャイアントデュラハンはカースエンチャンターを守るように立ち、カースエンチャンターは縫われているはずの口から、呪いの呪文を唱える。

「は、速い!? ぼ、ぼうぎょ、ぎゃ！」

「や、奴らを近づけさ……へぇ」

クリムゾンリーパーが一番前にいた兵士の喉元を爪で突き刺し、指示を出す兵士へとゾンビソルジャーは風の刃を放った。風の刃により首が飛ぶ兵士。

それから他の兵士はというと、耳元を押さえて膝をつき始める。カースエンチャンターの呪いが効き始めたのだ。兵士たちの耳には、死者の叫びが聞こえているだろう。だが、それが効くのは魔力抵抗の低い奴だけだ。カースエンチャンターの呪いの叫びで、耳や目、それから鼻から血を流して倒れる兵士たち。それに向かって僕は魔力を流してゾンビへと変えていく。

兵士のうちの何人かは、カースエンチャンターの呪いを耐えて、オプスキラーたちと交戦している。まあ、こちらが押しているのには変わりないが。その背後を今作ったゾンビに襲わせようとしたその時、

「燃え散れ！」

と声が聞こえてゾンビたちが焼き切られた。そして、次の瞬間にはオプスキラーたちも一瞬に消し炭へと変わってしまった。へぇ、噂通りだね。兵士たちの後ろから、後ろで一括りにした赤髪を揺らしながら、悠然と歩み出る女性。手には炎を纏わせた剣が握られている。ふむ、彼女が……。

「私の大切な家族である民を、大切な家であり伝統ある王城を汚すことは許さん！　メストア王国

第一王女、アークフィア・メストアの名にかけて、貴様たち侵入者を倒す！」

そう言い、更に炎の勢いが増した剣を振る。各国から『炎姫』と、呼ばれる女性、アークフィア・メストアか。噂に違わぬ実力はあるようだ。まずは様子見でクリムゾンリーパーとゾンビソルジャーを向かわせる。

まずはゾンビソルジャーが風を纏わせた右腕の剣を振り下ろす。炎姫はそれを下から剣で弾くと、そのままゾンビソルジャーを切り裂いた。中々の速さだ。

咄嗟に横にずれたため、ゾンビソルジャーは左腕が切り落とされただけだが、切り口から発火し、ゾンビソルジャーを燃やそうとしている。

炎姫は、そのままゾンビソルジャーにとどめを刺そうとするが、入れ替わるようにクリムゾンリーパーが爪を振る。炎姫も爪から出る毒に気が付いているのか、掠らないように大きく避けて、炎の斬撃を放ち牽制してくる。

クリムゾンリーパーは近づくことができずに体中を斬撃で切られ既に満身創痍だ。やっぱり、炎姫相手では荷が重かったか。せっかくの高い能力を持つ配下だ。ここで消えても痛手にはならないが、いないよりいた方がよい。

ネロに指示を出して彼らを下がらせる。それと同時に近寄らせないため、ミレーヌに魔法を放ってもらい、先ほどの炎姫のように牽制をしてもらう。

だが、残念なことにこちらの魔法は彼女の炎に燃やされてしまった。直径が30センチほどの球体が彼女を守るように浮いているのだ。そして、魔法が迫ると自動的に防御するのだ。２つ同時でも分裂して防いでくる。いいなぁ、あれ。僕も後でやってみよう。

それよりも、炎姫の登場で士気が上がるメストア王国兵士たち。背後のオプスキラーはまだ存在しているが、炎姫側の方は既に倒しきられてしまった。

まさか、吸魔結晶の許容量を超えるとは。恐ろしい程の魔力の量だな、炎姫。吸収しきれなかった炎でオプスキラーたちが焼かれてしまったのだから。

仕方ないが、ここは予定通りに行くとしようか。僕も戦ってみたいのだけど、彼女が出た方が確実だ。今は任せるとしよう。将来的には僕が出ても勝てるようにはするけど。

「それじゃあ、予定通り任せたよ、リーシャ。ミレーヌは僕たちを守るために防御魔法を。巻き込まれるのはごめんだからね」

「わかりました!」

「ふふっ、任せろマスター。主の剣である私が道を切り開いてやる!」

僕がお願いしたことが嬉しいのか、楽しそうに歩み出すリーシャ。彼女の周りが輝き出すと、彼女に付き添うように回る7本の剣。確か彼女にも二つ名があるとか言っていたな。それは、

「『七剣』のリーシャ、マスターの命により、貴様を倒させてもらう!」

さあ、炎姫よ。彼女に本気を出させることができるかな?

「……ぐっ、なんて圧だ。まさか、このような者までいたとは」

私の剣を握る手が汗で湿っているのがわかる。今まで何度か死の感覚というのは味わったことが

あるが、これほど濃密な死というのは初めてだ。

「それでは行くぞ炎姫よ。何本まで耐えられるかな？　一剣（ソードワン）・疾風ノ大剣（ゲイルガルノドフ）！」

　漆黒の鎧を纏った騎士が、周りに浮かぶ剣のうち、深緑色をした大剣を右手に迫って来る。くっ、なんて速さだ⁉　私より数段上の実力を持つ実力者。命を賭しても勝てる見込みは少ないだろう。

だが、負けられない！

「はぁっ！」

「ふんっ！」

　黒騎士の剣と私の剣がぶつかり合う。黒騎士の風と私の炎がせめぎ合い辺りへと吹き荒れるが、周りのことを気にしている余裕が今の私にはなかった。

　黒騎士は、剣がぶつかった後、すぐに剣を引いて下から切り上げて来る。くっ、大剣を使っているのになんて速さだ。

「ほらほらどうした？　炎姫の名が泣くぞ？」

　黒騎士はそう言いながら更に速度を上げて来る。まだ、本気ではないようだが、その油断が命取りになるぞ！

「フレイムウィップ！」

　私は空いている左手で炎の鞭を出す。そして、黒騎士の死角から足を狙って振る。しかし、黒騎士の足に触れた瞬間、炎の鞭は細切れにされてしまった。

「ほらっ！」

「ぐっ、きゃあっ！」

うぅっ、炎の鞭が細切れにされたのに気を取られて、黒騎士の大剣を受け損ねた。なんとか、剣で防いだけど、威力は逃しきれずに王城の壁まで吹き飛ばされた。

「ははっ、可愛らしい声も出るじゃないか。だが、自分の魔法が破られたくらいで、気を逸らしてはいけないな。ふむ、自分より強い者と戦うことが少ないのか？　惜しいな」

私にゆっくりと近づきながらそう言う黒騎士。今まで魔物相手でも引き千切られたことがなかったが、黒騎士にはいとも簡単に破られてしまった。

……ふふっ、こんな恐怖と同時に、高揚感を味わうなんていつぶりだろうか。この者相手になら手加減する必要もあるまい！

「はっ！」

私は体を炎へと変えるように発動する。かなり魔力を消費するが、もう、手加減などできない。城を燃やさないように注意するだけだ。

「職技『魔道一体』」

私が職技を発動すると、体が炎へと変貌し紅色に変わる。職技『魔道一体』。自身の体に魔法を合わせて、自然の力を得ることができる。

私が得意なのは当然火魔法。そのため、体が自然と得意な火へと、炎へと変わっていく。

「ほう、炎姫など、噂程度だと思っていたが、『魔道一体』まで使えるとは。なるほどなるほど。二つ名は嘘ではなかったらしい。懐かしいな。その力を見ていると『紫電』を思い出す」

私の姿を見て嬉しそうな声を上げる黒騎士。それに『紫電』というのは、400年ほど前に聖王国にいた伝説の魔法剣士ではないか？　そんな者とも知り合いとは、この者は一体何者なのだ？

いや、そんなことを考えている暇はないな。私は相棒である剣を構える。魔剣ではないが、私が本気を出しても壊れることのない、私の右腕と言ってもいい剣だ。その剣に高密度の炎を纏わせる。

「行くぞ！」

私は真っすぐと黒騎士へと向かう。だが、先ほどの実力から言って、何も考えなしに攻撃を仕掛けても意味がないことはわかっている。

なので、牽制にはならないかもしれないが、まずは炎の矢を放つ。この姿になれば無詠唱で放てるため、牽制にはもってこいなのだ。

そして予想通りに、黒騎士にはこの程度は牽制にはならないようだ。黒騎士は大剣を振るうことなく、すべての炎の矢を掻き消してしまったのだ。おそらくだが、風の壁を見えないように作っているのだろう。

「その程度では私を止められないぞ！　ウィンドカッター」

逆に風の刃を放って来る黒騎士。だけど、私も避けるようなことはせずに真っすぐ進む。私に迫る刃は、寸分違わずに私の首や腕を切り裂く……が、私の体は炎、切り裂かれたとしても、元に戻る。

これが『魔道一体』の強みだ。物理攻撃も、魔法攻撃すらも効かない殆ど無敵の状態になる技。

唯一ダメージを受けるのが、使用した属性の弱点となる属性のみ。

私の火魔法の弱点となるのは水魔法。相手が水魔法を使わない限り、ダメージを受けることはない。

更に黒騎士が大剣を振るって来るが、大剣は私の体を通り過ぎるが無傷。そのまま炎の槍を放つ。

黒騎士は軽々と避けるが、少しずつ逃げ場をなくすように攻めて行く。

「うおぉぉぉぉっ！」

「ははっ！　その意気だぞ、炎姫！　もっとだ。もっと見せてみろ！」

幾重も迫る私の攻撃を笑いながら軽々と避ける黒騎士……くっ、私の本気でもここまで差があるのか。王国でも上位であるといわれた私ですら足元にも及ばぬとは。

それから、更に猛攻を仕掛けても私の攻撃は当たることもなく、黒騎士に翻弄されっ放しだった。

気が付けば『魔道一体』は解除されて、私は吐きそうになる気持ちを無理矢理抑えつけていた。

「……もうやめてください、姫様！　私たちが押さえますから、今はお退きください！」

「そうです！　おら、化け物たち！　俺たちが相手だ！」

背後からそれぞれが声を上げる兵士たち。私は吐き気以上に彼等の言葉に泣きそうになるのを我慢する。そうだ、何を弱気になっているのだ、私は。たとえ私がいなくとも、彼らがいれば……。

私は最後の魔力をすべて剣へと集める。燃え盛る私の愛剣。これほどの熱量は耐えきれないかもしれないが、あの黒騎士を切るまでは耐えてほしい。

「はぁ……はぁ……行くぞ黒騎士よ！　はぁぁっ！　バーンエッジ！」

「その心意気やよし！　真正面からねじ伏せる！　一剣奥義・暴虐風王！」

黒騎士が攻撃を放った瞬間、私の愛剣はバラバラに切り裂かれ、私は視界が何度も上下左右入れ替わり、気が付けば地面へと横たわっていた。

剣を握ろうとも右腕はなく、左腕は手がなかった。立とうとも腰から下がなく、先ほどまで私が立っていた場所で倒れていた。

私は先ほどの攻撃の余波で、城の壁が崩れる音を聞きながら視界が暗くなるのを待つしかなかった……。

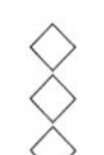

「……話には聞いていたけど、これはとんでもないな」

「……普段は余程手を抜いていたのでしょうね」

僕とミレーヌの視線の先にある斬撃の跡。炎姫と恐れられた第一王女をものともせず切り裂いてしまい、その余波だけで王城の壁を瓦礫（がれき）へと化してしまった。

その延長上にいた兵士たちも全員細切れに。炎姫だけはまだ見た目でわかるが、それでも手は切られ、腰から下は切り落とされていた。

そして意気揚々と僕たちの元へと戻って来るリーシャ。その顔は何処か自慢げで少しイラっとする。

「どうだった、マスター！　私も中々のものだろう！」

「聖騎士の要素が全くなかったけどな」

「……うっ、それを言わないでほしいぞ。私だって、何度聖騎士の職技が使いたいと思ったか。この七剣を手に入れるまでは、全くだったからな」

何故か使えないのだよ～と、少し悲しそうな表情で、それを懐かしむように空を見上げるリーシャ……そんな儚（はかな）げな表情できたんだな。思わずドキッとしてしまったぞ。

「創造主ヨ、ココノ兵士ハ終ワッタゾ」

そんなリーシャを見ていると、ネロが話しかけて来る。ネロの言葉で周りを見ると、確かに集まった兵士はすべて倒したようだ。潰れた死体と細切れの死体が多いのは仕方がないか。オプスキラーの材料にできるだろう。

「それで、彼女はどうします、ハルト様？」

ミレーヌの言葉で顔を向けるのは、炎姫の方……へぇ。

「彼女、まだ生きているね？」

それでも、このまま放っておけばすぐに死ぬほどの差でしかないが。それでも、生きているのなら治し方が変わってくる。

「ミレーヌ、治せる？」

「はいっ！　ここ最近は死霊たちで練習していましたから大丈夫です！」

そう言って駆け出すミレーヌ。嬉々として切り落とされた炎姫の体の一部を手に持ち、体に引っ付けて魔法を発動する。彼女は僕のため！　って、色々と頑張ってくれるからな。今度何かしてあげよう。

ミレーヌが治している間は、オプスキラーたちに他の死体を集めさせて、ネロやリーシャは散発的にだが攻めて来る兵士の相手をしている。

「よし！　ハルト様、治りました！」

僕もネロたちを手伝おうかなと思い始めた頃、元気なミレーヌの声が聞こえる。声の方を見ると、嬉しそうに駆け寄って来るミレーヌの姿が。先ほどまでいた場所には、まだ目を覚ましてはいないが、傷がすべて治った炎姫の姿もあった。

「おっ、よくやったな、ミレーヌ」

僕がミレーヌの頭を撫でてあげると、ミレーヌは嬉しそうに微笑みながら更に手のひらに押し付けてくる。可愛いなぁ、もう！

「創造主ヨ、ソロソロ中へ向カオウ。奴ラノ相手ヲスルノモ面倒ニナッテキタ」

愛しのミレーヌを愛でていたら、ネロが割り込んで来た。こいつ、わざとだな。しかし、ネロの言うことも正しい。というか、少し気を抜き過ぎたな。何があるかわからないから気を引き締めないと。

炎姫はリーシャに担がせて、僕たちはリーシャが切り刻んだ壁から王城へと入る。中は横に10人ほど並んでも余裕があるほどの広さの通路が続いている。それに、グネグネと曲がったりしている箇所が多い。なんだか迷いそうだな。

「誘い込まれているな」

リーシャは僕と同じ考えに至ったようだ。城に入ってから兵士を見かけなくなった。多分だけど僕たちを誘っているのだろう。

「ドウスル、創造主？」

「当然真正面からだ。僕たちがコソコソとする理由はない。それにリーシャたちなら、罠だとしてもその力でねじ伏せることができるだろ？」

「ふふっ、当然だマスター！」

「私も頑張ってハルト様を守ります！」

「ククッ、当然ダ」

僕の言葉にリーシャは先頭を進み、ミレーヌは僕の側で辺りを警戒して、ネロはオプスキラーたちへと指示を出す。僕はそんな配下たちと共に先へと進む。

それからは時折魔法の罠が発動するだけで、本当に兵士は出て来なくなった。その罠もオプスキラーを盾にしているから被害は殆どないし。

そして辿り着いたのは、一際大きな扉。扉の中からはかなりの人数の気配がする。僕は躊躇いなく扉に手をかける。リーシャたちの制止の声が聞こえるけど、そのまま扉を開く。そして扉を開けた先には、

「放てぇ!!」

誰かの号令で視界一面魔法に埋められた。だけど、これだけ気配を感じれば罠があるくらい誰でもわかる。当然僕も準備している。

「侵食ノ太陽(イクリプスソル)」

僕の目の前に、すべてを吸い込むかのような漆黒の球体が現れる。直径10センチにも満たないが、迫る魔法に反応して動き始める。

目にも留まらぬ速さで僕の前を飛び回り、迫る魔法を次々と吸収して消し去って行く。数百ほどだろうか、それほどの数の魔法をすべて吸収した球体は、初めは10センチほどしかなかったのに、今では直径2メートルはあるだろう。

球体の向こうから見える光景は、唖然(あぜん)としたまま立ち尽くす兵士たち。それも当然か。この球体より僕たちの方は全く傷付いていないのだから。

「それじゃあ返すよ。弾けろ」

僕が指をパチンと鳴らすと、大きくなった球体が弾ける。それぞれが鋭い槍のように尖り、先ほどまで魔法を放って来た兵士たちへと飛んで行く。兵士たちは誰一人として避けることができず、すべての槍が突き刺さった。瞬く間に血の海へと変わった部屋の奥で、呆然と僕たちを見る人たち。煌びやかな服を着た人たちだ。あれが国王と大臣たちか。僕はそのまま意気揚々と歩き始め……ようとしたところで、後ろから頭をガシッと掴まれた。えっ、痛い。

そして無理矢理向かされる頭。く、首捻切れるって⁉　そして無理矢理向いた方を見ると、物凄い笑顔のリーシャに、涙目のミレーヌ、怒っている……ように見えるネロの姿があった。

「……マスター、少しお話ししようか。ネロは向こうの奴らを頼む」

「了解シタ。今回ハ創造主ガ悪イ」

「そうですよ！　私心臓が飛び出すかと思ったのですから‼」

リーシャの馬鹿力で頭を握られた僕は、足が地面に着かないほどの高さまで持ち上げられ、ぶらんぶらんとしている。く、首が痛い。

そしてそのままリーシャに引きずられるように連れて行かれる僕。その後を付いて来るミレーヌ。僕たちと入れ替わるように部屋へと入って来るオプスキラーたちは、ネロの指示で国王たちを囲んで行く。話するから殺さないでね。

「覚悟するのだ、マスターよ。少しお説教だ」

……それよりも、僕の命の方が危ないかも。

「……それでは、はじめましてメストア国王」

僕はどっしりと椅子に座って向かいに座るメストア国王を見る。しかし、さっきの光景を見てかどこか舐められているような。でも、リーシャに怒られている光景を目の当たりにすれば仕方ないのかも。

僕がみんなの制止を聞かず、罠だとわかっている扉を開けたことにリーシャたちは怒っているのだ。そのせいで地面に座らされて説教されてしまった。

その光景を遠巻きに見られていたから、少し舐められているのかもしれない。さっきのはまぐれだと。

それに僕の姿も原因なのだろう。フードを脱いだ姿は12歳……もうすぐ13歳か。だけどまだ子供だ。そんな相手を舐めるなと言う方が無理かな。まあ、それでも話は進めるけど。

「初めに言っておくけど、これから話すのはお願いじゃない。命令だ」

僕の言葉に騒つく大臣たち。国王はこの状況でも僕を見てくるだけ。落ち着いているのか、ビビって動けないのかはわからないけど。

周りの大臣たちは何か僕に言いたそうだけど、周りをオプスキラーに囲まれているため、僕を睨みつけてくるだけ。そのなかで口を開けたのはやはり国王だった。

「……お主たちは何が目的なのだ？」

「別に難しいことじゃないよ。ここの一部に僕たちの部屋を造るってだけだから。僕たちはとある目的があってね、そのためにこれから力を蓄えるつもりでいるんだ。そのためには広い場所が欲しくてね」

「ふざけるな！　貴様たちのような下賤な侵入者どもに、この伝統ある城を使わせるわけにはいかん！」

……おいおい、熱くなるのはいいけど、周りを見て言ってくれよ、大臣さん。国王も苦虫を噛み潰したような表情になっているよ。そんなことも気が付かず更に話す大臣の1人。

「それにヘンリル殿下が戻って来てくだされば、貴様たちなど瞬く間に制圧されるわ！」

あー、それが大臣が強気でいられる理由か。その大臣の言葉に触発されて、他の人たちもあーだこーだ言ってくる。これは一回黙らせておこうか。この後の話に影響が出て来る。

「ネロ、あれを出してくれ」

「ワカッタ」

ギャアギャアと喚く大臣たちを無視して、ネロに指示を出す。ネロはローブの中から1つの鏡を取り出した。それは、使い魔の視界を映す鏡だ。前にクロノに作ってもらった魔道具だな。それにネロが魔力を注ぐと映ったのは、

『くそっ！　全員退却だ！　怪我人を優先して避難させろ！』

『魔法が撃てる者は撃て！　奴を近づけさせるな！』

鏡の中から聞こえて来るのは兵士の叫び声。それにかぶせるように断末魔のような叫び声が響く。

その声の元凶が歩く度に揺れる地面。そして鏡に姿を現したのは、巨大な異形であった。

全長15メートルほどの大きさで太陽の光を遮るほど。人が集まってできた塊が、大きな腕を振る

うと何十という兵士が叩き潰された。

『一箇所に集まるな！　まとめて潰されるぞ！』

鏡の中から聞こえる怒号や叫び声に言葉を失う大臣たち。なかにはこの光景を見て吐きそうになっている者もいる。

「こいつはそこに並んでいる魔物をより大きくするために集めた魔物でギガンティックオプスキラーという。当然僕の配下だ。しかし滑稽だね。今まで起きたことのない内乱と王都への襲撃が重なっているのに、誰一人としてこのことが関わっているとは考えないのだから」

「っ！　ということは貴族たちの内乱もお主が!?」

「そうだよ。僕たちが貴族を操って内乱を起こさせた。まあ、それらは全部兵士を集めるための陽動で、本命はこの城を狙いに来たのだけど。面白いくらい僕の予定通り進んでよかったよ」

そして、僕が視線でネロに指示を出すと、ネロがオプスキラーを操る。オプスキラーは指示の通り初めに喚き出した大臣へと拳を振り下ろした。グチャッと響く潰れた音。

両隣にいた別の大臣は腰を抜かして地べたに水溜りを作る。国王だけはじっと僕を見ていた。

「リーシャ、彼女を連れて来て」

「了解した」

僕の言葉で部屋を出るリーシャ。大臣たちは放心としているが、国王は「彼女」という言葉で誰のことかわかったようだ。僕を射殺すように睨んできた。

少ししてからリーシャが担いで来たのは当然炎姫だ。暴れないように両手両足を縛っている。

「フィア！　貴様らっ！」

「そう怒らないでよ。これでも僕たちは命の恩人なのだから。うちのリーシャが切り刻んでしまってね。もうすぐ死ぬところだったんだよ？」

「……マスター。それじゃあ私が悪いみたいではないか」

ジトッと睨んでくるリーシャを無視する。そして床に下ろした炎姫の頬をパシパシと叩いて目を覚まさせる。

「……うぅっ……こ……こは？」

「目が覚めたかい？」

「……貴様はっ!?　ぐっ、動かない」

敵である僕を見てうねうねと動く炎姫。ちょっと面白い。つんつんとつついて遊んでいると、リーシャに頭を叩かれた。痛いじゃないか。

「ハルト様、早く話を進めましょう。ここ臭いです」

ミレーヌは少し飽きてきたようだ。そうだな、ミレーヌが可哀想だから早く話を進めるとしようか。

「それじゃあ、僕からの命令はこの城の地下に僕たちの生活スペースを造ることだ。それから、僕たちのことを外に漏らさないように。それだけ守れば国民も鏡の中の兵士たちも助けてあげるよ」

「……地下にそんなものを造ってどうするつもりだ？」

「なに、目的のために力を蓄えるだけさ。それを見て見ぬ振りをしてくれれば、国王も助けてあげる」

「くっ、そんなことできるわけないだろう！　そんなことをすれば……」

「なら、まずは王都を消し飛ばす」

僕はそれだけ言うと手を空に掲げる。手のひらから黒い球体が現れると、そのまま天井を突き破って天高く昇って行った。そして、空で大きく膨らんでいく球体。

「消し飛ばせ、混沌ノ爆弾(カオスエクスプロージョン)……」

「待ってくれ！」

僕が魔術を発動しようとした瞬間、足下から叫ぶ声が聞こえて来た。発動するのをやめて下を見る、僕を見てくる炎姫。

「待って……いや、待ってください！　お願いですから、国民は……民を殺すのはやめてください！」

「フィ、フィア……な、何を」

「……父上、私たちは負けたのです。確かに屈するのは悔しく、死にたいと思いますが、そのせいで、民を殺したくないのです。自分のプライドを守るだけのせいで。……ハルト様、どうか、お願いします。ご要望のことは承りましたので、どうか！」

額を地面に付けてまで懇願してくる炎姫。僕はどうする？　という意思を込めて国王を睨む。国王は手を握りしめているが、

「……わかった。お主の命令を聞こう」

国王の返事を受けて、空に放った魔術を消す。

「それじゃあ、人質として彼女は隷属させてもらう。あっ、変な気を起こさないでね？　もし、いらないことをすれば、彼女も、国の人たちも配下の餌にするから。何、僕たちの目的が達成するまで大人しくしておけば解放してあげるから」

僕の言葉に顔を俯ける国王たち。それから、鏡の中で戦っている配下たちを退かせる。これでようやく落ち着ける場所を手に入れた。これからはより力を蓄えるだけだ。

まあ、それまでにこの国は一度裏切るだろう。僕たちのような危ない奴を置いておくわけがない。娘や民の命を捨てても。

その時は地獄を見せるだけだ。僕たちに歯向かったのを後悔させるために。僕はそのまま悔し泣きする炎姫の元へと行く。隷属させないといけない。

「これからよろしくね、フィア？」

「っ！　このぉ、気安くフィアと呼ぶな！」

「はいはい」

怒るフィアの頭を撫でる僕。今にも噛み付きそうなフィアが面白い。その時同時に隷属させる。これで僕の配下だ。

さて、まずは周りの国のことを勉強しないと。村から外は知らなくて、この国のこともクロノに教えてもらったし。ありがたいことに資料にはそう困らない。ミレーヌ先生にでも教えてもらおう。

「よしよし」

「いつまでも撫でるなっ！」

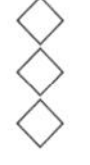

「ホーリーショット！」

「グギャッ！」

私の攻撃により怯んだゴブリン。その隙を狙うかのように迫るリーグ。素早くゴブリンに接近して下から振り上げた剣がゴブリンの首を切り落とした。

「はっ、やっぱり俺の敵じゃねぇな」

リーグがそう言って調子に乗っていると、

「リーグ、そう舐めた口を利くんじゃない」

「痛っ！」

後ろからリーグの頭を叩くアルノードさん。あの2人は同じ聖騎士の職業を持つ師弟関係だからそこそこ仲がいい。それに、

「はぁ、はぁ、ま、魔物退治は辛いですね」

「グ……ガガ……ギ……ゴ……」

ゴブリンたちのなかで一際大きく、この群れのリーダーであるゴブリンロードを倒したしょうじ……おっと、少年。

見た目は誰もが間違えそうになるほど可愛らしい顔をしていて、黒髪を頭の後ろで1本に束ねている。身長は160センチいかないくらいで、誰がどう見ても女の子にしか見えない男の子。年は私と同じ13歳。

彼の名前はノエル。人族の勇者である。

リーグたちの聖騎士なんかよりももっと特殊な職業で、私の聖女のように数百年に一度しか現れないらしい。しかもその現れる時は、必ず聖女が現れた時と重なることから、この2つの職業は、

2つで1つの職業だといわれているみたい。

そして、今回はかなり運のいいことに聖王国の中で見つかったみたい。これが他の国だったら手続きなどで結構手間がかかるらしい。

国民に私たちを紹介する時に初めて顔を合わせてから1年、私たちはずっとチームを組んできた。将来有望な聖騎士のリーグに、聖女の私、勇者のノエルに指導役のアルノードさん。他にもメンバーがいるのだけど、今は離れて私たちだけ。

どうして私たちがチームを組んで魔物を討伐しているかというと、聖王様からの命令で、魔王討伐の命が下されたから。

魔王とは、魔族の王である。私たちの世界には、私たち人族、体の一部が獣だったり、獣そのままだったりするような者たちが獣人、私たちより長命で魔法が得意なエルフや、筋力がとんでもなく強く、手先が器用なドワーフのような亜人族、そして、人間のようだったり、怪物のようだったりと様々な姿があるけど、頭の何処かに角がある、それが魔族。

様々な種族がこの世界で生きているなか、どうして聖王様が魔王討伐の命を出したか。簡単な話、人族至上主義である聖王国は、人族ではない魔族が許せないのだ。

国民のみんなは、聖王様のその話を信じて私たちの旅を支持してくれている。確かに魔族は人とはかけ離れた姿をしている人もいるけど、悪魔と呼ばれるほどじゃないと私は思っていたりするけど……。

それに、魔国が人族以外の国のなかで聖王国から一番近いのも理由かもしれない。

「ステラ、どうした、そんな難しい顔して」

私が今回の旅のことを考えていると、リーグが話しかけてくる。その後ろではアルノードさんとノエルも私を見ていた。

「いいえ、少し考え事をしていただけだわ」

「そうか？　まあ、無理はするなよ」

「そ、そうですよ、ステラさん」

ノエルも私を心配してくれる。その姿を見てリーグは舌打ちをするけど、どうしてリーグはそんなにノエルのことが嫌いなのだろうか？

それにチラチラとリーグやアルノードさんを見るノエル。これは、チームになった時からだけど時折頬を赤く染めて見ている。これはまるで……。

「ほら、あまり敵地で話し込まない。ここは魔国と接する魔の森の中です。魔物も多く先ほどの戦闘音や血の匂いで他の魔物が寄って来ないとは限りません。すぐに離れる準備を」

アルノードさんの言葉を聞いた私たちは、すぐにこの場から移動する準備をする。陰気な雰囲気が漂う森の中、はぁ、早く会いたいなぁ、ハルト。

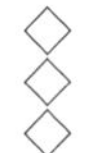

俺はステラが魔法で怯ませたゴブリンへと迫り、首を切り落とす……ったく、俺がいないとダメだな、ステラは。
「はっ、やっぱり俺の敵じゃねぇな」

何十、何百と倒しても全く疲れねぇ。まあ、この程度で疲れていたら何もできねえが。そう考えていると、

「リーグ、そう舐めた口を利くんじゃない」

と、頭を叩かれた。ちっ、俺が一番嫌いな奴だ。俺たちの旅の指導役で付いて来ているアルノード。今は確かに俺より強いかもしれねぇが、絶対に追い抜いてやる。

それにあいつも気に食わない。一番奥でゴブリンロードを倒した男。女みたいななりして気持ち悪いが、ステラの職業である聖女と並んで特殊な職業、勇者を持つ男、ノエル。俺の聖騎士よりも特別なこいつが現れたせいで、俺なんて霞んでしまった。

こいつにステラの視線が向いてしまうようなら殺そうと思っていたが、どこか女っぽいこいつには、見向きもしないようだ。

時折、ノエルの方が俺やアルノードを見ていることがあるし、話しかけて来るが基本は無視だ。お前なんかと話しているよりもステラと話した方が有意義だからな。

ステラは何か考え事をしているが、俺がお前の側にいるから大丈夫だ。必ず守ってやるし、勇者なんかじゃなくて、俺が魔王を殺してやる！

「はぁ、はぁ、ま、魔物退治はまだ辛いですね」
私は目の前に横たわるゴブリンロードを眺めながら呟く。ふぅ、全くどれだけの魔物と戦えばい

いのよ！　私がこの世界に転生して13年、まさかこんな職業を手に入れるなんて!?

……おっと、心の中で興奮してしまったわ。落ち着かないと。男であるはずの私が女であることがバレないためにも。

別に変なことを言っているわけじゃないのよ？　私はこの世界でも珍しい転生者。前の世界で死んだ私は、よくわからない男神にこの世界に連れて来られたの。

なんでも、自分の力だったものを持っている人たちを探してほしいんだとか。そのため私の職業は表向きは勇者だけど、その力を持っている人に出会ったら変わるって言われて、今は渋々勇者をしている。

しかも何故か男として転生させられた。そのせいでこの姿に慣れるまで、変態って何度言われたことか。でも、私はそんなことでは挫けないわ。ドM舐めないでよね！

時折、ゴブリンやオークたちに襲われるのを妄想してしまうけど、それよりも、イケメンに縛られたい！　できれば探しているなかで私を縛ってくれる人が見つかればいいのだけど。

まずは、この体をどうにかしないとね。男として生まれてしまったけど、見た目が可愛い女の子みたいでよかったわ。見た目だけなら女の子だから、このぞうさんをどうにかすれば……。

とりあえず今は近くにいるイケメンたちを眺めておこう。聖女を心配する振りをしてイケメンたちへと近づく。リーグ君が私を嫌そうな顔で見てくるけど、それも少しゾクゾクとする。まあ、私の希望する基準は満たしてないけどね！

……はぁ、どこかに私を縛ってくれるイケメンはいないかしら？　魔王に期待ね。

魔国エステキア。

「……全く、聖王国には困ったものだね」

私は目の前で手紙を渡してくれた、この城の執事であるルシュウに声をかける。ルシュウも同じ気持ちなのか私と同じように苦笑いを浮かべていた。

「全くです」

「彼らは私たちの何が気に食わないのだろうか？　容姿だろうか？　確かに人にはない角を持っており、魔族のなかには人とかけ離れた者もいるだろう。しかし、考え方は人間たちと変わらない。人族と同じように感情もある。嬉しいことがあれば喜び、悲しいことがあれば悲しむ。恋をすることもあるだろうし、夢ができることもある。ならば、強さはどうだろうか？　人族以上の魔力は持っているし、力もある。特殊な能力を持っている者もいる……が、それだけがすべてではない。人族のなかにも我々に勝つ者はいるし、数の差は歴然だ。いくら強いといっても、数の差には勝てないだろう」

「そのことは考えても答えは出ないと思われますぞ、陛下。先代、先々代、それよりも前の魔王様たちがずっと考えてきたことです。それでも、解決できなかったことなのですから」

「それはそうだが……わかり合えないことはないはずだ。現に我が国には多種族が住んでいる。当然人族もだ」

「それも、聖王国からすれば目障りなのでしょう。ただでさえ、我々を悪魔などと言いふらし、人族至上主義を掲げる聖王国です。それなのに、異種族である我々が種族問わずに受け入れていることが、聖王国としては許せないのですよ」

「……難しいものだ」

私は深く椅子に座り込む。この座に就いてから既に10年、まだ半人前とはいえ、国を率いる王だ。なんとしても、国がなくなることだけは避けなければ。

「そう、1人で悩むことはありませんぞ、グレイス坊っちゃま。我々が相談に乗りますので」

「……突然、先生に戻らないでくれよ」

昔、私に勉強を教えていた頃のように話しかけてくれるルシュウ。この人には敵わないな。

「それで、この国を目指している者たち……勇者たちはどうしますかな？　殲滅するようでしたら七魔将の誰かを送ります。もしくはわた……」

「いや、今は警戒だけでいい。まだ、魔の森に入った頃だ。あそこはいくら勇者だろうと簡単には抜けられない。それに彼らのなかには『雷光』もいる。無理に攻める必要はないさ」

「もっとも十二聖天に近いといわれている者ですな。噂では400年前の英雄である『紫電』に近いとかで」

「ああ、十二聖天でない者に七魔将が負けるとは思わないが、無理して傷を負う必要もない。いざとなれば私も出る」

聖王国の十二聖天。黄道十二星座になぞらえられた聖王国の最強の12人。彼らでもない相手に負けるようでは、我が国も厳しくなる。だが、聖王国は人口が多い分、人材に恵まれている。その点ではかなり厳しいものがあるだろう。

「……む？」

「……ん？」

私とルシュウが勇者たちについて話し合っていると、廊下から走って来る気配がする。基本は執務室の前の廊下は、緊急時以外は走ることが許されていない。だが、今回は小さい歩幅で走って来る気配。この気配は……。

バタンッ！　と、大きな音とともに扉が開けられる。そして、2つの小さな影が入って来る。

「お父様！」

「おとちゃま！」

私の愛する息子と娘だった。今年7歳になるルーカスと、今年4歳になるシルーネだった。どちらも私と同じ銀色の髪を揺らしながら私の机の前まで走って来る。

そして、遅れて部屋に入って来たのは2人の子守兼護衛を任せている騎士のセーラだ。白髪で頭に2本の角が生えている鬼族の女性だ。年は20を少し過ぎたぐらい。

この子たちの母親、つまり私の妻は、今は城から離れている。私と結婚する前は武将として名を轟(とどろ)かせていたからか、外で仕事がしたいらしく、城周辺の街を回る警備のようなことをしている。とはいえ、この子たちのために2日に1回は帰って来るため、私も許可を出しているのだ。

「も、申し訳ございません、陛下！」

「なに、構わないよ。この子たちも理由もなく部屋には入って来ないからね」

私は子供たちの頭を優しく撫でながらセーラに微笑む。この子たちのために一生懸命に働いてくれているのだ。礼を言うことはあっても、怒ることはない。

「それでどうしたんだ、ルーカス、シルーネ？　何かあったのかい？」

「はっ！　そうだったのです！　僕たちお父様にお願いがあって来たのです！」

「ですっ！」

私が撫でるのを気持ちよさそうにしていたルーカスが我に返ってそう言ってくる。それに倣うようにシルーネも私を見上げて……あっ、また気持ちよさそうな顔をしている。可愛い。

「私にお願い？　何かな？」

「これ、ですっ！」

私が尋ねた瞬間、シルーネが両手を頭の上に掲げてポンッと何かを出した。両手の上に出したのは直径30センチほどの卵だった。重たいのか手に持った瞬間ふらつくシルーネだが、それを予想していたルーカスが支えてあげる。微笑ましい光景だが、それよりも、

「……シルーネ、今、魔法を」

シルーネは何もないところに卵を移動させてきた。これは、卵を別のところから召喚した召喚魔法なのか、それとも別の空間から移動させる空間魔法なのかはわからないが……。

私はセーラを見るが、セーラは首を横に振る。彼女が教えたわけではなさそうだ。

「……天才というやつですな。さすがは陛下のお子様です」

……ルシュウ、孫を見るお爺ちゃんみたいに泣くなよ。子供たちもポカーンと見ているじゃないか。私はこほんっと咳払いをして笑顔でシルーネを見る。この卵から何が言いたいのかはわかるのだが、一応確認しておこう。

「その卵は何かな?」

「森で拾いました! 飼いたいです!」

うむ、元気があってよろしい。よろしいのだが……これはなんの卵なのだろうか? 悪い気配は感じないから危ない物ではないと思うのだが。ルシュウやセーラを見ても難しい顔をしているため、多分知らないのだろう。

「飼っていい?」

キラキラした目で私を見上げてくるシルーネ。むむ、どうしたものか。私が考えていると、

「よいのではないでしょうか?」

「ルシュウ?」

「王子様と王女様、生き物を育てるというのは責任が伴います。ちゃんと最後まで育てられますか?」

「ルシュウ、僕頑張るよ!」

「ルシュー、私も頑張る!」

「そうですか。では、私もお手伝いいたしましょう。ベルーチェにも手伝ってもらいますから大丈夫ですよ、陛下」

……魔物使いのベルーチェがいるなら大丈夫か。それにルシュウもいる。万が一はないだろう。

「2人とも、途中でやめたら許さないからな?」

「「はいっ!」」

私が許可を出すと、卵を掲げながらその場を回り変な歌を歌う2人。可愛い2人、私もルシュウもセーラも、自然と頬が緩む。このひと時が続いてほしいものだ。

ひとつの終わり

「さぁ、お勉強の時間です、ハルト様！」

僕の目の前で眼鏡をくいっとしながら僕を見てくるミレーヌ。今日も先生になりきっているなー。

「よろしくね、ミレーヌ」

「はい！　それでは、この大陸の国について説明していきましょう！　小国や中国はいくつかあって面倒かと思いますので、今後重要だと思われる国だけ紹介しますから。まずは、ハルト様が目標としております、フィスランド聖王国からです。フィスランド聖王国はこの大陸の覇者ともいえる大国で、人口は2000万ほど、聖王がトップで、その下には宰相などの大臣がいるのですが、特に注意しておいてほしいのが十二聖天と呼ばれる聖王国最強の12人です」

「十二聖天？」

なんだそれ？　そんな人らがいるのか？

「はい。黄道十二星座の名前を与えられた人たちで、牡羊座（アリエス）、牡牛座（タウロス）、双子座（ジェミニ）、蟹座（キャンサー）、獅子座（レオ）、乙女座（ヴァルゴ）、天秤座（ライブラ）、蠍座（スコーピオ）、射手座（サジタリウス）、山羊座（カプリコーン）、水瓶座（アクエリアス）、魚座（ピスケス）。それぞれの名を冠した12人です」

「それが、聖王国で最強なのか？」

「はい、私も噂程度で聞いたのですが、戦時では聖王より十二聖天の命の方が優先されるほどだとか。今までその強権が発動されたことはないようですが」

むむ、ということは、聖王国と事を構える以上、そいつらとの戦闘は避けられないな。面倒だが仕方ないか。

「その十二聖天以外には、リーシャ様がいました聖騎士団や魔法師団などもあります。大陸で一番大きい国なだけあって、人材も豊富ですね」

やはり、聖王国とやり合うには今以上に力をつけないといけないな。今はやっと配下が1万近くになったところだが、全く足りていない。

「続きを話してもよろしいですか？」

「ん、頼むよ」

今は考えても仕方ないな。今は確実に力をつけていくだけだ。考え事をやめてミレーヌにお願いの意味を込めて微笑むと、ミレーヌがにへらぁと表情を崩して僕を見る。そして、崩れていたことに気が付いたミレーヌはこほんっと咳払いをして、説明に戻る。可愛いなぁ～。

「そ、それでは、続きを話しますね。聖王国の周りにはいくつか中堅国がありますが、それらはすべて同盟国もしくは属国になります。規模も人口200万から多くても800万ほどになります。そのなかには、ハルト様の故郷があったアンデルス王国も存在します」

「なるほど、その属国とかは利用できそうだね、同盟国も上手くいけば使えるかも」

「そうですね、同盟といっても不平等なものが多いと聞きます。何かしら付け入る隙はあるでしょう。それから、覚えておいていただきたい国の1つに、聖王国から西に位置する魔国エステキアがあります」

「魔国エステキア」

「はい。人口は1200万ほどの、魔族が治める国です。魔族以外にも人族や獣人族、エルフやドワーフなどの他種族も多数住んでいる国です。その頂点として魔族の王、魔王がトップにおり、その下には七魔将と呼ばれる7人の将軍がおります」

　七魔将ねぇ。聖王国の十二聖天みたいなものか。

「七魔将は、憤怒（サタン）、傲慢（ルシファー）、嫉妬（レヴィアタン）、怠惰（ベルフェゴール）、強欲（マモン）、暴食（ベルゼブブ）、色欲（アスモデウス）の七大罪の名前を冠する者たちになります。ただ、この国は昔から聖王国との小競り合いが絶えません」

「人族主義の聖王国からしたら、多種族が暮らす魔国は目障りってところかな？」

　僕の言葉に頷くミレーヌ。ここも使えそうだけど、遠いな。聖王国に一番近い国のなかでは、聖王国の次に大きな国だ。なんとか接点は持ちたいところだけど。

「それから、私たちが現在住む国、メストア王国から聖王国へ向かううえで決して避けられない国があります」

「あー、グレンベルグ帝国だな」

「はい、この近辺の国々で一番大きな国になります。人口が1000万近くの大国で、こちらは人族主義ではないのですが、他種族は奴隷しか認めないという国です」

「でも、確かグレンベルグ帝国の近くには獣人が治める国と亜人族が治める国があったよね？」

「はい。こちらも、聖王国と魔国のように小競り合いが多く、戦いが絶えません。大きな戦というのはありませんが、他種族の誘拐などを行っているようです」

「ふーん、なら、初めの山場はそのグレンベルグ帝国だな。土台は手に入れたから少しずつ力をつけていこう」

「そうですね。今焦っても仕方ありませんからね」

僕の考えに同調してくれるミレーヌ。今の僕たちの戦力は、1万近くの死霊たちに、リーシャ、クロノ、ネロ、それからフィアだ。

死霊たちのなかにはそれなりの強さを持つ者もいるが、できればネロたちのように自我を持つ者が配下になってほしいところだけど。

それから更に周りの国について聞いていると、扉を叩く音がする。ミレーヌが返事をすると扉が開かれ、入って来たのが、

「……ハルト、お風呂が沸いたぞ」

仏頂面(ぶっちょうづら)をしたフィアだった。隷属させてからはずっとこんな感じだ。フィアの態度にミレーヌが僕にはしないような視線で睨みつけている。それに気が付いているフィアも特に気にした様子もなく、ふんっ、とそっぽを向く。

……2人とも怖いよ。少しは仲良くしてほしいものだ。

「そう、ありがとうフィア。それじゃあミレーヌ、今日はここまでにしよう。一緒にお風呂入る？」

「！　も、勿論です！　是非ご一緒させていただきます！」

「フィアはどうする？」

「なぁっ!?　だだだ、誰が一緒に入るか！　絶対に入らないからな！」

顔を真っ赤にして怒るフィア。面白い奴だ。隷属しているからわざわざフィアの許可なんて取らなくても言うことを聞かせることができるのだが、このやり取りを楽しんでいる自分がいる。

ニコニコのミレーヌと顔を赤くしてぷんぷんと怒るフィア。フィアは途中までだけど、伴ってお風呂場まで向かうのだった。

「フィア、やっぱり……」

「入らん！」

◇◇◇

「それで父上、この先どうするつもりですか？」

私は目の前に座る男性、メストア国王である父上へと尋ねる。このことを考えなければ、この国の存在が危うくなる。まさか、このようなことになっていたとは。

問題の内容は私が反乱軍の討伐に行っている間に起こっていた。1ヶ月前、呆気なく内乱を起こした反乱軍を抑えた私たちだったが、その後に現れた死霊の軍団のせいで、かなりの被害を受けてしまった。

被害を出しながらもなんとか死霊たちを倒しきった私たちは、急いで王都に戻って来たのだ。だが、そんな私たちを待っていたのは、ボロボロになった王城だった。門は壊れて、綺麗だった庭も戦闘の後で無残な姿となっていた。伝統ある王城の壁が崩れて、辺りには血の跡が残っていたのだ。

私と将軍は急いで城へ向かって走って行ったのだが、城中はまだマシな方だった。あまり荒れた様子もなく、壊れていたところも既に直されていたからだ。

ただ、人の数がかなり減っている。城が直接襲われたのもあるのだろうが、それでも文官たちや兵士たち侍女たちも、見かける人数が少ない。

父上たちが無事なのか不安になりながらも、私と将軍は残っていた数少ない兵士に城の中を案内された。案内された場所は会議室で、中から話し合う声が聞こえる。

私が兵士に案内されるがまま部屋に入ると、室内には父上と大臣たちが座っていた。ただ、全員が全員浮かない顔をしている。

「父上、私ヘンリル・メストア、戻りました」

「ヘンリルか。よくぞ無事に戻って来た」

私が出兵した時に比べて物凄くやつれてしまった父上。一体この城で何があったのだ？　それに
「……大臣の人数が足りないようですが。それから姉上はどちらに？　会議には毎回参加していたはずですが」

周りを見渡すと大臣の人数が減っていた。それに真面目な姉上は、会議を欠席することなく必ず参加していたのだが……。

「……それも含めて話すことがある。まずは座るといい。将軍も」

「わかりました」

「はっ」

私と将軍は父上の指示に従い席に着き、私たちが反乱軍、死霊たちと戦っている間に何があったのかを教えてもらった。

その内容は驚くことばかりで、まさか、あの反乱自体が囮(おとり)だったとは。それにまさか姉上が負けるとは。この国のなかでは上位、私など足元にも及ばず、将軍ですらギリギリだというのに。

それに、姉上を隷属させるなど。人数の減った大臣もこの城に侵入して来た者に殺されたらしい。

更には、その侵入者たちは我が物顔でこの城の地下に部屋を造り住んでいるらしい。

どうにかしたいところだが、姉上を倒すほどの実力者たちで、姉上と国民を人質に取っている。人数はほんの数人なのだが、侵入者たちの中には死霊を操る者がいるらしく、数は当てにならないという。反乱軍を抑えた後に現れた死霊たちも、その侵入者が準備したものだとか。

それから、このことをどうするかという話し合いになり初めに戻る。当然、父上だけでは決められないのはわかっている。国民の命がかかっているから。それでも、決断をしてもらわなければならない。王として。

ただ、何があろうとも父上だけには背負わせない、王太子である私の役目であり、息子である私の役目でもあるのだから。

「……わかっている。少し考えさせてくれ」

父上はそれだけ言うと部屋から出て行ってしまった。大臣たちはまたか、と言いながら後に続くように部屋を出て行く。このような話し合いがずっと続いてきたのだろう。

私も部屋から出ると、外で先に戻っていたユネスが立っていた。ユネスから話を聞くと、城で働いていた侍女の殆どは既に辞めており、文官は我先にと逃げ出し、兵士は国のために命を懸けてくれたそうだ。

この1ヶ月、そのせいでやはり街の治安も悪くなっているらしい。兵士の数が少ないせいで街のなかでは泥棒や喧嘩が絶えないという。どうにかしないと。

私がいなかった時のことをユネスから聞いていると、前から歩いて来る影。当然見たことのあるその人影に私は走り寄って行く。

「姉上！」

「っ！　ヘンリルか、よかった。無事帰って来たのだな」

私の大切な家族である姉上も、父上と同じようにどこか疲れた表情を浮かべる。傷とかはなさそうだが、精神的に疲れているのだろう。何より目に入ったのが、

「姉上、その首の紋様はなんですか？」

1ヶ月前に城を出る時はなかった紋様が、姉上の首に浮かび上がっていたのだ。姉上は私の問いにビクッと体を震わせて、左手で首元を隠す。

「……別になんでもない」

そして、目を逸らし誤魔化す姉上。私は姉上が辛い目に遭っている時に何もできなかった悔しさと怒りに我を忘れそうになるが、何度か深呼吸をして落ち着かせる。

落ち着いた私は姉上の手を取り歩き出す。この隷属を解除しないと。確か王都に魔法を解除できる魔法を持つ者がいたはずだ。その者に頼めば……。

「な、何をするヘンリル⁉　手を離すのだ！」

「離しません。早く連れて行かねば！」

「殿下、落ち着いてください。今、無理に連れ出そうとすれば……」

「なら、この状態を黙って見ていろと言うのか⁉」

私はユネスの言葉に思わず怒鳴り声を上げてしまった……やってしまった。ユネスだって姉上とは長い付き合いだ。当然この隷属のことも心配なはずだ。それにユネスは姉上が……。

私のせいで沈黙が漂っていると、

「僕の所有物に何をしている」

と、若い男の声が聞こえて来た。その声に姉上はビクッと肩を揺らして振り向き、ユネスは男の声がした方を見る。私もその方を見ると、声のした方からは黒いローブを着た男と、珍しい修道服姿の金髪の女性が歩いて来た。

その禍々しい雰囲気に私は驚いたが、それ以上に驚いたのが彼の雰囲気が、反乱軍を指揮していた兵士に乗り移った者と似ていたことだ。

……彼が貴族を操って反乱を起こさせた首謀者か。

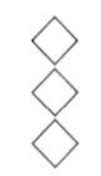

「ほら～、ハルト～、起きなさい～」

「うぅん～、後5分」

母さんの悪魔の声が聞こえて来るなか、僕は布団を深くかぶり眠る。壁の隙間から入って来る風が冷たくて、布団から出ようとは思わない。

このまま、眠ってやる！　そう思って目を瞑っていると、ドタバタと大きく歩く足音が僕の部屋へと近づいて来る。

そして勢いよく開けられる扉。なおもそれを無視していると、

「こらっ！　起きなさいって言っているでしょ！」

思いっきり布団をひん剥いてくる母さん。僕の体温で温まっていた布団の中が外気によって急激

に冷やされていく。さ、寒い!!

「な、何するんだよ、母さん！」

「ハルトが全く起きないからでしょ！　今日は祭りの準備なんでしょうが！」

「……僕、祭り嫌い」

僕は冷える体をさすりながらそっぽを向く。すると、はぁ、とため息を吐く母さん。ううっ、母さんのため息は苦手だ。母さんがため息を吐く時はいつも僕を心配している時だからだ。でも、嫌なものは嫌だ。

毎年1度、神様が贈り物をくれるって祭りがあるけど、どうせ僕と母さんは参加できないんだ。それどころか、村人の殆どが参加するから、参加しない母さんは寒いなか見張りをさせられたりする。そのことが僕は嫌でたまらない。

「もう、困った子ね」

そっぽを向く僕に母さんは苦笑いしながら僕の隣に腰掛ける。そして優しく抱き締めてくれた。

「ハルトが私のことを考えてくれているのはわかるけど、そのせいでハルトが仲間外れにされるのは嫌かな」

「でも……」

僕が俯いていると、頭を優しく撫でてくれる母さん。そして、背中を思いっきり叩いてくる。痛いっ！

「ほらっ、そんな顔してないで行って来なさい！　ステラちゃんやリーグ君の言うことをちゃんと聞くのよ！」

ニコニコと笑う母さんに僕は何も言えなくなって部屋を出る。外にある水桶で顔を洗うのだけど、寒いこの時期には辛過ぎる。それでも我慢をして顔を洗い、朝食を食べてから目的の場所へと向かう。

そこでは、大人たちの指示に従い僕やリーグ、ステラなど子供たちが祭りの準備をする。ただ、僕とリーグたちの間には色々と差があった。

リーグたちが失敗しても笑って許してもらえるが、僕が失敗すると怒られ、酷ければ殴られる。偶にステラが庇ってくれる時もあるが、リーグが僕が鈍臭いのが悪いと言えば何も言わなくなる。

レグルたちにいたっては僕のその光景を見て笑い者にしてくる。レグルは村長の息子なので、準備などは免除されているのだ。

なんとか夜までに準備が終わったけど、僕は参加できない。理由はなんだったたっけな。確か、この祭りは家族全員で祝うものであって、家族のいない者は参加できないとか、そんな感じだった。

多分そんな決まりはないはずだ。だけど、現に父親のいないのは僕の家だけで、力のない僕にはそんなことを言えるわけもなく、ただ、楽しそうに、美味しそうな物を食べるみんなを見ているしかなかった。

最後には子供たちへとプレゼントなんてものがあったけど、当然僕にはない。いつも通りの黒くて硬いパンと塩辛い干し肉を食べて家に帰る。

母さんはまだ見張りから離れられないため、家の中は僕1人だ。火も付けていないからとても寒い。僕は母さんが帰って来た時に暖かく過ごしやすいように火を焚いて椅子に座って待っていた。

気が付けば僕は椅子で眠っていたようで、微かに聞こえるのは母さんの泣く声と、僕に対する謝罪だった。あぁ、謝らないでよ、母さん。母さんは何も悪くないんだから。だから謝らないで……。

「……なんだこれ」

目が覚めた僕の視界に初めに入って来たのは肌色の柔らかいものだった。柔らかいものに顔を挟まれて、頭の後ろは抱き込まれるようにされているため身動きが取れない。時折頭を優しく撫でてくる感触がむず痒い。

物凄く柔らかい感触と甘い匂い。一体なんなんだと思って顔をなんとか上げてみると、そこには涙を流したミレーヌの姿があった……なんで泣いているんだよ？

「あっ、目覚めましたか、ハルト様？」

「あ、ああ、おはようミレーヌ。それで、この状態は？」

「おはようございます、ハルト様。初めに私はハルト様に謝らなければいけません」

そう言い体を起こすミレーヌ。シミ1つない綺麗な肌を隠すことなく起き上がったため、僕は慌ててシーツをかけてあげる。お礼を言いながらも謝ってくるミレーヌ。なんで謝るんだ？

「ハルト様と夜をご一緒させていただくようになってからですが、時折ハルト様が魘されることがありました。覚えておられますか？」

「いや、覚えていないけど……僕が？」

全く記憶にない。基本毎日ミレーヌと眠っているが毎朝気持ちよく起きている気がするし。

「実は私が、ハルト様が魘されている時に精神を落ち着かせる魔法を使っておりました」

ふむ……ん？　それは僕にとっていいことじゃないのか？　それなのにどうしてミレーヌは謝るんだ？

「その際に私……毎回ハルト様の夢の中を見ているのです！」

……あー、そういうことね。勝手に僕の夢を見たことに対して謝っているのか。でも、それも今更な気がするな。ミレーヌに僕の痛みの追体験をさせた時も見せているし。

僕の夢の中を思い出しているのか、小さい頃の僕も可愛いとか恥ずかしいことを言っているミレーヌだけど、真剣な表情に変わって僕を見てくる。

「まず、聖夜祭には家族でないと参加してはいけないという決まりはございません」

聖夜祭？　……あー村の祭りのことか。あれって聖夜祭っていうのか。知らなかった。

「現にあの村の村長は当然そのことを知っております。聖夜祭は色々とありますが、子供たちにプレゼントを渡すのも行事の1つです。そのため、村の税から祭りの分の諸費用は引かれており、そのなかにはプレゼント代も含まれているはずなのです。ですから……」

「僕の分は村長、もしくはレグルのものになっているってこと？」

僕の言葉に頷くミレーヌ。見たこともないような怒りの表情を露わにしている。そんな顔をしないでくれよ。僕は笑っているミレーヌが見たいのだから。

確かに、今思い出せば、あの村での僕の扱いは最悪だった。どういう理由であんな扱いだったのかはわからないけど、他の生活を知っているミレーヌがそんな顔をするほどおかしかったのだろう。

「まあ、今更だな。あれに抗おうとしなかった僕が悪い。だから、そんな顔をしないでくれ。綺麗な顔が台無しだ。それに、あの村は必ず潰すから」

「はい！　私もお手伝いします！　あっ、でも今は少しこうさせてください！」

笑顔に戻ったと思ったら、再び僕の頭を抱くように抱きしめてくるミレーヌ。そして、頭の上から「よしよし」と優しく撫でてくれる。この感覚……母さんにされた時みたいだ。思わず涙が出そうになったけど、なんとか我慢する。ミレーヌの前で泣くのはなんか恥ずかしい。

それからミレーヌが満足するまで頭を撫でられて、僕たちは着替えた。ミレーヌの顔が満足そうなのはいいことだけど、物凄く恥ずかしい。思わず、母さん、って言いそうになったぞ。危なかった。

僕とミレーヌは城の1階にある客間に住んでいる。ネロたちは地下室を造ってそこでせっせと兵士の人数を増やしている。どうやら、近くに森があるらしく、そのなかに落ちている死体を持って来ているらしい。

後は墓地から少しずつ持って来ているようだ。一気に持って来ると、地盤が崩れて大きな穴が空いてしまうのだとか。

「今日はどうされますか？」

「この周辺の国について調べたいな。力を集めるにはこの国だけでは足り……」

「な、何をするヘンリル!?　手を離すのだ！」

今日の予定を話し合いながら廊下を歩いていると、フィアの声が聞こえて来た。その後に続く男の声。僕が無視できずに角を曲がると、そこにはフィアの腕を掴み何処かへと連れて行こうとする男がいた。あれは確か王太子か。王都に戻って来ていたんだな。だけど、

「僕の所有物に何をしている」

僕の物をどこかへと連れて行こうとするのは頂けないな。そのままフィアたちの元へと向かう。

「彼女は僕の所有物だけど、何か用かな？」

フィアの腕を掴む男。この男が誰でフィアとどのような関係にあるのかも知っているけど、僕の物であるフィアに、僕以外の男が触れているのはなんか腹立つね。僕ってこんなに物に対する独占欲強かったっけ？

「所有物だと？　姉上を物扱いするのか！」

「ん？　何かおかしなことを言ったか？　奴隷は所有者の物として扱われるはずだ。そうだよね、ミレーヌ？」

「はい、その通りです。羨ましいです」

こら、ミレーヌ。今はそんなことは聞いていない。それに、縛ってなくてもミレーヌはもう僕の物だ。誰にも渡さないから。

「なら、いくら払えばいい？　姉上が奴隷だと言うのなら私が買おう。君の言い値でいい」

僕は彼の言葉に思わず笑ってしまった。何を言っているんだこいつは。そもそも前提が間違っているよ。

「……何がおかしい？」

「くくっ、おかしいも何も、王太子がこんなに間抜けでいいのかなって思ってさ」

「何？」

「だってそうでしょ？　この国は僕たちとの戦争で負けた敗戦国だ。そして彼女は民を殺されないための人質となっているのに……金を払うから解放しろ？　そもそも、負けた国の王太子である君に交渉する権利などない。それに、彼女が頭を下げてまで守った国を潰してもいいの？」

「……なんだと？」

王太子はあまり聞かされてないのか、それとも理解が悪いのか。どちらにせよ、そろそろ手を離せよ。僕はフィアの空いている左手を掴んで引き寄せる。

「きゃあっ！」

そして、腰を抱き寄せて自分の物だとアピールする。フィアも今の状況で僕を押し返したりするのはマズイと思っているのか、腕の中で固まったままだ。

はい、ミレーヌ。羨ましいとか言わないの。いつもやってあげてるでしょうが。

「っ！　きさ……」

「やめろ、ヘンリル！」

僕の行動に限界が来たのか腰の剣に手を掛けて抜こうとする王太子。でも流石にそれは見過ごせなかったのか怒鳴り声を上げるフィア。おっ、フィアの声で動きが止まった。

「お前は何を考えているのだ！　私たちは負けたのだ！　それなのに生かしてもらっているのはハルト……ハルト様の温情のおかげだぞ！　それなのにお前はハルト様に刃を向けようとして！」

「し、しかし、姉上。このままでは姉上が」

うーん、このまま姉弟喧嘩を見るのもなー。よし。

「それなら、王太子が今ここで僕に勝ったら彼女を開放してあげるよ」

「本当か⁉」

「ああ、勿論約束は守るよ」

僕の言葉を聞いた王太子はやる気満々だ。僕から少し離れて行き剣や防具を確かめている。その隣にいる従者は心配そうにしているけど。

「ハルト、何が目的だ？　この戦いはお前にとってなんの利もないのだぞ？」

「ん？　それは2つあってね。1つはあいつを黙らせることができる。ああ、殺さないから安心してね。もう1つは歯向かった時の約束を国王に守ってもらうだけだから」

僕の言葉に顔を青ざめるフィア。そして王太子を止めようとするが、ミレーヌが後ろから動かないように抱きしめる。悪いけどもう手遅れだよ。

「さあ、いつでも来るといい」

「武器は持たないのか？」

「僕は武器はあまり持たないんだ」

僕がそう言うと、王太子は剣を抜いて構える。うん、中々堂に入った立ち姿だ。だけど、リーシャほどじゃないね。

「行くぞ！」

そして走り出す王太子。やっぱりリーシャほどじゃないから遅いね。毎日彼女と訓練している僕としては物足りないな。

「はっ！」

袈裟切りに振る王太子の剣をひらりと避けて、襟元を掴む。そしてそのまま掴み上げ廊下の壁へと叩き付ける。ドガァン、と壁を突き破って吹き飛ぶ王太子。瓦礫に埋まってピクリとも動かない。

気を失ったようだ。

「さて、彼を連れて国王のところへ行こうか。君が王太子を連れて来てくれる？」

僕は王太子の従者にお願いする。彼は頷き瓦礫の中から助け出した王太子を背負い僕たちの後を付いて来る。

「ハルト、どうか私が身代わりになるから民を殺すのはやめてくれないだろうか？」

「それは無理だ。僕は前もって国王や大臣たちには言ってある。それを王太子に伝えておけばこんなことにはなっていないはずだ。それを怠った国王が悪い」

僕の言葉に今にも泣きそうな顔をするフィア。今回ばかりは僕も退けない。もしここで甘くすると、国王たちは大丈夫だと味を占めて同じようなことを繰り返すだろう。そうなったら、それこそ国民全員を殺さなければならなくなる。

流石に、僕たちもそこまでは望んでいない。僕たちが生きるうえで必要な食糧などはどうしても死霊からは作れないからね。

僕たちは国王がいるといわれている執務室へと向かう。辿り着いてノックもせずに入ると、目を見開いてこちらを見てくる国王がいた。僕は気にせず中へと入る。

「やあ、国王」

「……ここへなんの用だ。こちらは要望通りにしているはずだが？」

「そうなんだけどね、彼が僕に剣を向けて来たんだ」

僕がそう言うと、申し訳なさそうに前へと出て行く従者。従者を見て王太子を見た国王は頭を抱えたまま椅子にもたれ込んでしまった。

「約束通り国民を僕の配下の餌にするよ。まあ、初めてだからね、国王、君がいなくなってもいい家族を1つ選んで来て。期限は夜までね」

　僕はそれだけ言うと、執務室から出て行く。付いて来るのはミレーヌだけ。さてと、今からは予定通り近くの国のことを調べるとしようかな。

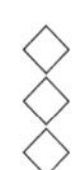

「はっ、はっ、はっ」

「ちっ、クソガキが！　待ちやがれ！」

　誰が待つかよ！　そんなことをすれば殺されるじゃねえか！　俺は約束のところまで走る。後ろから棍棒(こんぼう)を持った八百屋の親父が追いかけて来るが、絶対に止まらねえ！

　俺は予定していた場所を右に曲がる。頭を下げながら通り抜けて後ろを振り向くと、八百屋の親父が曲がって来た。だけど、

「がぁっ⁉」

　親父の喉元ぐらいの高さで張られた縄に思いっきり引っかかりやがった。よし！　上手くいったぜ！　勢いよく背中から倒れる親父。そこに、

「おらっ！　食らいやがれ！」

「うおっ⁉　く、臭(くせ)えっ‼　おぇぇぇえ！」

　俺の仲間のダルとピルクが親父の顔目掛けて、集めた動物のクソをぶっかけた。八百屋の親父は

余りの臭さに悶え苦しんでいる。

「おら、逃げるぞ、マルス！」

「おうっ！」

俺はダルに呼ばれて走り出す。両手に持つ野菜を落とさないように走る。そしてしばらく走ると、ダルが止まる。それに合わせて俺やピルクも止まる。

「かっか、上手くいったじゃねえか、マルス」

「ああ、こんなに持って来れたぜ！」

「凄ぇ、マルス兄！」

俺の腕の中にある野菜を見て喜ぶダルとピルク。本当は肉を持って来たかったんだけど、肉屋のババアはずっと包丁を持って立ってやがるからな。無理だった。

「早くみんなのところへ戻ろうぜ！」

ピルクはそう言いながら俺たちの前を走る。さっきまでの場所は表通りから少し外れた道だったが、今は太陽が上手く当たらず、影ができてジメジメとしている裏道だ。

その道を進むと、1つのボロ家が姿を現す。そこが俺たちの家だ。家の前には11歳の俺たちより年下のガキどもが楽しそうに遊んでやがる。全く気楽な奴らだぜ。

「あっ、ダル兄ちゃんたちだ！」

「お帰り！」

「おかりー！」

それぞれ俺たちに抱きついて来る子供たち。俺たちは全員血が繋がっていない。所謂捨て子ってないし。

奴だ。俺も何年か前にこの家の前に捨てられていたらしい。理由はわからねえ。親なんて見たこと

そのなかで俺と同年代なのがダルとピルクと、もう1人家にいる奴だ。気が付いたら一緒にいた。

俺の大切な家族だ。

この家族のなかでは俺たちが一番年上だ。何故かと言うと、俺たちより上の年の奴らはみんな、

天啓を貰いに行ってからそのままどこかで雇われて戻って来ないからだ。

俺たちも後少ししたら天啓があるけど、多分出ることはないな。理由はあいつがいるからだ。俺

はそのあいつに会うために家へと入る。

今にも壊れそうな扉を開けてなかへと入ると、中には俺より1つ、2つ下の子供であるミントと

ティグル、エマがいた。そして奥で椅子に座って編み物をしている紺色をした髪を持つ女子。彼女

が俺たちと同じ年代の奴だ。

「ただいま、ティエラ」

「あら、今日は早かったのね」

俺はそのまま真っすぐティエラの元に向かい隣に椅子を並べる。彼女は昔から歩くことができな

い。理由はわからないが足が動かないらしい。そのせいで親から捨てられたんじゃないかって彼女

は言う。

「ああ、早くティエラに会いたかったからな」

俺がそう言うと思いっきり頭を叩いてくるティエラ。痛えじゃねえか。

「もう、馬鹿なこと言っていないで、その野菜置いて来なさいな。あなたたちが買って来てくれた

のでしょ？」

　そう尋ねてくるティエラ。ここにいるみんなは俺たちがどのようにして食べ物を取って来ているかは知らない。いや、一生知らなくていい。こんな汚れ仕事をするのは俺たちだけでいいからな。

だから、俺は曖昧に頷く。ティエラがじーっと見てくるが、気にせず小さな台所へと運ぶ。料理ができるミントたちに野菜を渡していると、ダルたちも家へと入って来た。

「ただいま、みんな、ティエラ」

「ただいまっ！」

「ふふっ、お帰りなさい、みんな」

　外で遊んでいたガキたちが一斉に入って来て、家の中が一気に賑やかになる。家の中でも賑やかなガキたちを見て、楽しそうに微笑むティエラ。俺がそのティエラの横顔に見惚れてぼーっとしていると、

「あら、どうしたの？　私の顔をそんなに見て」

「……なんでもねえよ」

　俺が少し恥ずかしくなってそっぽを向くと、くすくすと笑ってくるティエラ。なんか腹立つ。

「ほら、みんな～、お外で遊んで来たんだから手を洗って～」

　俺たちのなかで唯一魔法が使えるエマが桶に水を入れてくれる。ガキどもは楽しそうに水をバチャバチャと……あいつら、床がビショビショじゃねえか。

　仕方なく俺がびしょ濡れの床を片付けていると、いつの間にか夕食ができていた。夕食といっても俺たちが取って来た野菜が入った味の薄いスープとカビた黒パンだけだ。まあ、それでも十分な

のだが。

俺はティエラの椅子を押してあげる。椅子には大きな車輪が2つと小さな車輪が椅子の脚に付いており、魔力を流すと車輪が回るようになっている魔道具だ。これは、この裏街で悪どい商売をやっている魔道具屋のババアに作ってもらった。金は……内緒だ。

みんなでワイワイと喋りながら夕食を終えていく。天啓までは後半年、少しでもマシな職業を手に入れてこいつらにもう少しマシな暮らしをさせてやりたいな。何より、ティエラにはもっと明るいところで生活してほしい。彼女のためなら俺は頑張れるし。

だけど、この暮らしが崩れる時が近づいているのに俺は気付かなかった。

「おい、用意できたか？」

「待ってよ、ダル兄。もう少しだから」

少しでもカッコよく見せようと数少ない服を選ぶピルクに呆れた声をかけるダル。俺もティエラも苦笑いだ。

今日は確かに待ちに待った天啓の日だが、そこまで服装を気にする必要ないだろ。俺もティエラもいつも通り、当然ダルもいつも通りなのに。

「ほら行くぞ！」

「あっ！　ひ、引っ張らないでよ！」

そして、痺れを切らしたダルに引っ張られるピルク。ったく。俺はティエラの椅子を押しながら家を出る。

「エマ、みんなを頼んだわよ」

「うん、ティエラお姉ちゃん、いい職業貰えるといいね！」

ティエラに抱きつくエマ。上から乗られるような状態だから少しティエラが苦しそうだな。しかも、それを見ていた子供たちが次々とティエラへと抱きついて行く。彼女は子供たちから好かれているからな。

「ほら、お前ら。俺たちは行くからティエラから離れろ。苦しそうだろ？」

でも、流石にもう行く時間だからティエラから子供たちを離す。子供たちは素直に離れてそれぞれが手を振ってくる。大袈裟だなぁ。

「……うぅ、かっこいい姿した僕がいい職業手に入れて、同じ場所にいた女の子たちにモテる予定なのに」

「……お前、それは夢見すぎだ」

離れたところでは、ピルクが意味のわからないことを言って、ダルが呆れているし。大丈夫かよ。

「ふふっ、行きましょう、マルス」

「ああ、そうだな」

俺はティエラの椅子を押して歩き出す。後ろで行ってらっしゃいと言う子供たちに見送られて、俺たちは教会を目指す。

学などない俺たちでも、教会では天啓を受けることができるらしい。どのような子供でも可能性はあるということで。

「それで、マルスはどんな職業がいいの？」

「あ？　どんな職業か」

突然のティエラの質問につい考えてしまう。俺がなりたい職業か。俺は前を向くティエラを見る。

そんなもんは決まっている。俺がなりたい職業……。

「んなもん決まっているだろ。稼げる職業に」

「……マルスらしいわね」

呆れたような声色で言ってくるティエラ……お前に言えるわけねえだろ。恥ずかし過ぎて。

「それなら、ティエラはどんな職業がいいんだよ？」

「私？　私は体の不自由に関係なくできることならなんでもいいわ」

そう言って微笑むティエラ。ティエラこそ、らしいじゃないか。まあ、そんなティエラだからこそ俺は一緒にいたいんだけどな。

「それじゃあ、もし合わない職業だったとしても、俺が側で助けてやるよ」

「ふふっ。それなら、マルスの職業がダメダメだったら私が稼いであげるわ」

そう言い笑い合う俺たち。そこまで高望みはしない。ある程度のものでいいんだ。少しでも彼女のためになるものなら。

笑い合いながら教会へと向かう俺たちは、後ろから睨んでくる視線に気が付くことはなかった。

歩くこと20分ほどだろうか。ようやく教会へと辿り着いた俺たち。教会の前には子供の列ができている。少し離れたところでは一喜一憂している者たちも。喜んでいる者はいい職業で、悲しんでいる者は自分に合った職業じゃなかったんだな。

「やっぱり人数多いなぁ～」

ピルクの言う通り本当に多い。王都中の子供が集まっていると考えれば当然なのかもしれないが。俺たちもその列に並ぶ。ダル、ティエラ、俺、ピルクの順だ。

少しずつ進んで行くが、いかんせん子供が多い。数分に1人進む程度だ。これはかなり時間がかかるな、と思って待っていると、教会の前に目立つ大きな馬車が止まる。

みんなが見ていると、馬車が開かれ中から執事のような男が降りて来る。そして、その後から俺たちと同年代くらいの小太りの男が降りて来た。貴族の子息か何かか？

そのまま、まるで列なんかないかのように無視して教会へと入ろうとする男。本当なら止めるべきなんだろうけど、相手は貴族だろう。相手するだけ面倒だ。そんな風に無視していたら、突然こちらを見てくる貴族の男。なんだよ？

訳もわからずに見ていると何故か近づいて来た。そして俺たち、いや、正確に言うと俺の前にいるティエラを見ている。ジロジロとこっちの迷惑も考えずに舐めるようにティエラを見てくる。

ティエラは同年代のなかでもとりわけ綺麗だ。年上なんて目じゃないくらい。足が不自由でなければ、俺たちなんかとはいないと思えるぐらいだ。

「……な、なんでしょうか？」

訳もわからずに戸惑いの声を上げるティエラを、貴族の男はジッと見るだけ。そして少しすると離れて行き、教会へと入って行った。

「なんだったんだ、あいつ？」

ダルが教会に入って行く貴族の後ろ姿を見てぽつりと呟く。それがわかれば苦労はしないんだけど。

そんなことがあったが、列は少しずつ進んで行きようやく俺たちの番となった。まずはダルが神官の元へと行き、そして天啓を授けてもらう。

ダルが貰った職業はかなり珍しい『剣豪』というものだった。剣士の上級職になり、剣を持てば剣術の経験がなくても剣が扱えるようになるんだとか。剣なんか持つ機会がなかった俺たちだ、そんなのにも当然ながら気が付かなかった。

そして、次に天啓を受けるのがティエラだ。ティエラを神官の前まで押して行き俺は離れる。そして与えられた職業は『精霊魔術師』というものだった。

その職業を聞いた神官が教会の裏へと戻ってしまったが、どうかしたのだろうか？　遠くから不安そうに俺を見てくるティエラ。俺は口パクだが大丈夫だと伝えると、彼女は不安そうな表情を崩す。

しばらくして神官が戻って来ると、ティエラも俺たちの方へと戻って来た。何か言われたのか尋ねてみると、あまり聞かない職業だったから、調べに行っていたそうだ。そんなこともあるんだな。

そして、ようやく俺の番になったため、俺は神官の前まで行く。近づいてわかったけど、神官はティエラのことを気にしている。やっぱりさっきの職業について何かあるのだろうか？

俺が見ていることに気が付いた神官は、ごほんと咳払いをして天啓を与えてくれる。体が温かくなる感覚。これが天啓なのか。

「ふむ、今回は珍しぃのが多ぃですな。あなたの職業は『黒騎士』という職業だ。『聖騎士』と対をなす職業で、滅多に現れることのない職業だ。誇るといい」

そう言われて俺の番が終わった。黒騎士か。聖騎士って物語でも出て来るような有名な職業じゃないか。それと対をなすって……これは俺の想像以上に凄い職業じゃないのか？

「どうだったんだ、マルス？」

「ん？　ああ、黒騎士とかいう珍しい職業だったよ。なんでも聖騎士と対をなすとか」

「へぇ～、凄いわね」

そう言い笑うティエラ。しかし、さっきの神官も言っていたけど、俺たちの職業は珍しいのが多いな。これで後ピルクが……。

「ふう、僕は軽業師って職業だったよ」

うん、ある意味珍しいぞ。でも、ピルクらしい。こいつは身長150ほどで見た目通りすばしっこいからな。職業のおかげでもあったのだろう。

「よし、全員終わったから帰ろうか」

ダルの言葉で俺たちは家へと帰る。この職業だと、どんなことができるのだろうか。自然とわかるようになるというが。わかるのが楽しみだ。

「あの女のことはわかったか？」

「はい。どうやら、スラムの孤児のようですね。ただ、教会の者たちも嗅ぎ回っておりました」

「むっ、何かあるのか？」

「わかりませぬが、その女が住む家で同じように天啓を受けていた者たち皆、特殊な職業を手に入れていたようですので、もしかしたらそれが原因かもしれませぬな」

「そうなのか。よし、父上に言って教会にも協力してもらおう。それから、スラムの奴らにも協力させろ。あの女を僕の奴隷にしてやる」

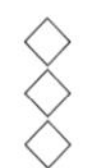

「ん？　最近ダルの様子がおかしい？」
俺たちが職業を手に入れてから3ヶ月ほどが経ったある日。いつも家のことを任せているエマが、仕事から帰って来た俺にそんなことを言ってきた。
「うん。朝は早く出て行くし、夜は帰りが遅いんだよ。最近そういう日が続いているみたいで」
うーん、最近王都が騒がしいのが関係しているのか？　なんか魔物が現れたとかで……いや、俺たちのような外れに住んでいる奴らには関係ないか。

それなら、あいつの仕事のせいか？　あいつは確か職業の『剣豪』を見込まれて雇われたって言っていたっけ。聞かなかったけど結構いいところって言っていたな。

俺はできるだけこの家から離れたくないから、近くの商店で用心棒的な仕事をしている。スラムであるこの辺りは当然治安が悪いから、近くの店も盗みなどをされることがある……俺も昔はお世話になった。

そのため、その商店では見張り番のような者を探していたので、働かせてもらっている。普通のチンピラ程度なら余裕で倒せるからな。

ピルクは『軽業師』を使って、王都を拠点としている劇団に所属している。まだ下っ端だけど、楽しいと言っていたな。

ティエラは家で子供たちを見ながら内職をしてくれている。職業に関してはティエラもわからなくて使えないのだとか。そのことを何故か謝られたが俺は全然気にしていない。俺も自分の『黒騎士』についてあまりわかっていないし。

「マルス兄ちゃん？」

「ん？　ああ、ダルのことは俺に任せとけ。エマは気にしなくていいからな」

「うん、わかった」

俺の言葉を聞いて子供たちがいる部屋に戻るエマ。夜まで待ってみるか。

◇◇◇

既に日が変わった頃だけど、確かに帰って来るのが遅いな。普段はこの時間帯は寝ているから気が付かなかったな。しばらく椅子に座って待っていると、

「どうしたの？」

と、部屋からティエラが出て来た。

「起こしちゃったか？」

「ええ、マルスがいないから心配になっちゃってね」

そう言いクスクスと笑うティエラ。そのまま俺が座る椅子の隣まで来て、俺の手を握る。

「ダルのこと？」

「ああ。気が付いていたのか？」

「ううん。少し帰って来るのが遅い、ってぐらいだわ。でも、ここまで遅いとは思わなかったわね」

あの野郎。ティエラにまで心配かけて。帰って来たら1発覚悟しろよ？　それからしばらくティエラと話しながら待つと、外が少し騒がしくなってきた。

そして、家の扉が開かれダルが入って来た。それだけならよかったんだけど、その後ろにはニヤニヤと気持ちの悪い笑みを浮かべた男たちも一緒だ
「おう、邪魔するぜ？　はっ、確かに貴族が欲しがるな」

男がそう言ってティエラを見てくる……こいつらの目的はティエラか!?

「……おい、ダル。一体これはどういうことだ？」

「……悪いな。俺のためにみんな犠牲になってくれ」

ダルはそう言うと腰にある剣を抜き、切りかかってきた。俺は咄嗟に体を後ろに逸らすが、肩に

痛みが走る。くっ、避けきれなかったか。

「おら、テメェら、あの嬢ちゃんは貴族の野郎に。女のガキは売って、男のガキは国にくれてやる。何故かは知らねえが探していたからな」

こいつら、何が目的で……くそっ！

「ダル、てめぇ、自分が何をしているのかわかってんのかよ！」

「わかっているさ。だが、俺はもうこんな暮らしをやめるんだよ。そのためにお前らには犠牲になってもらう！」

ちっ、何を言っても聞かねえのかよ！　俺がダルの相手をしている間に他の男たちは次々となかへと入って来やがる。

「ティエラ！　子供たちを起こして逃げろ！」

「で、でも！」

「いいから行け！」

俺は近くにあった椅子を持ち、ティエラに近づこうとする男たちへと投げる。家の壁が割れるがそんなのを気にしている暇はない。だけど、俺が男たちへと気を逸らしたうちにダルが近づいていて、

「がっ!?」

体を斜めに切られた。無意識に体を逸らしたおかげで深くはないが、血が体を赤く染める。そのままダルに蹴り飛ばされ壁に激突する。

「マルス!!」

ティエラの叫び声とともに倒れる音が聞こえて来る。音の方を見れば、ティエラが椅子から倒れており、地面を這うように俺の方へと向かって来ていた。

「……に……げろ……ティ……エラ……」

「嫌よ！　あなたを置いて……嫌！」

「おうおう、見せつけてくれるねぇ。だけど残念。お前はこっちだ」

「は、放しなさい！　汚い手で触らないで！」

「うるせえな！」

「きゃあっ！」

あいつ、ティエラを叩きやがったな！　俺は男を睨みながら立ち上がろうとするが、

「動くな」

「がっ！」

ダルに腹を蹴り飛ばされる。そして左肩に剣を突き刺された。痛みに叫びそうになるが、歯を食いしばってダルを睨みつける。

「……なんで、こんなことを……」

「そいつはな、俺らと同じでとある貴族様に雇われてるんだよ。そこで、ここじゃあできない暮らしをしていてな。ただ、貴族様はこの嬢ちゃん目当てでダルを雇ったんだよ。それで、雇われ続けるには嬢ちゃんを差し出せって言われてよ。面白かったぜ、あれは。今の生活がやめられないこいつは即答だったからな。こいつにとってお前らはその程度だったってことだよ。ああ、後、俺たちは国からの依頼だな。意味がわからねえけど、誰でもいいから一家族探しているらしくてな、スラ

ムの奴ならいいだろうと、探すように言われたんだよ。そこで、丁度貴族様の話があったからよ、お前らを狙ったってわけだ」

男の話を聞いている間に、奥の部屋から子供たちが次々と連れ出されて来た。エマやミントたちも泣きながら部屋から出て来る。ピルクは気丈に男たちを睨んでいるが、既に頬が腫れていた。

俺は壁に手を付けてなんとか立ち上がる。くそ、体の傷が痛え。視界もぼーっとしてきた。俺は立つのがやっとで、膝に手をつきながらダルを睨んでいたが、

「はぁ……はぁ……ティエラを……みんなを返しやがれ」

「悪いがそれはできない」

俺の視界に最後に入ったのは右手を振りかぶるダルの姿だった。


それからのことはあまり覚えていない。目を覚ませばジメジメとした牢屋のような場所で、近くにはボロボロになったピルクや男の子供たちが固まって座っていた。

ティエラや女の子供たちのことを聞くと、あの家で別れてからは出会っていないと言う。あの日から既に3日は経ったそうだ。くそ、俺に力がないばかりに。

それからまた2日ほどが経った頃、俺たちは突然現れた兵士たちに連れられて牢屋から出る。どうしてここでこの国の兵士が現れるのかはわからなかったが、あの時の男の話を思い出す。

確か国が誰でもいいから一家族を探していると言っていた……そのせいだろう。それから、少し歩くと広い場所へと連れて来られた。

そこには、俺たちが見たこともないような豪華な服を着た男たちが立っており、その向かいには

俺やピルクに近い年の男と、物凄く綺麗な女性たちが立っていた。

豪華な服の男たちはその向かいの男を睨んでいた。それにローブの男から感じる恐ろしい気配。なんだこれ？　子供たちも震えている。

くそ、子供たちだけでも助けられないのか？　それに、ティエラたちも。悔しい。悔しいがそれ以上に力のない自分に対して腹が立つ。

もっと、みんなを守れるようにしていれば、こんなことにはならなかったかもしれない……今更後悔しても遅いのかもしれないが。

俺が1人で後悔していると、こちらに近づいてくるローブの男。俺は何故かその男から目が離せなかった。その男を見ていると、

「これでいいだろう、ハルト殿よ。約束は果たした」

と、俺の前にいるローブの男に向かって話しかける豪華な服を着た男。ローブの男は話しかけられたことを無視して俺たちを訝しげに見てくる。

「ねぇ、どうしてこの家族は男しかいないんだ？　父親、母親、姉妹などは？」

「……こやつらはスラムに住む孤児たちだ。そのなかでこやつらだけで生活していたところを連れて来たのだ」

「ふぅ～ん？」

ローブの男は豪華な服を着た男の話を信じていないようだ。それに、何故か俺たちは男たちだけで住んでいたことになっている。どういうことだ？　訳がわからずに考えていると、この重苦しい空気に耐えられなかったのか、まだ5歳のテルが泣き出してしまった。そして、

「家族は僕たちだけじゃないもん！　エマお姉ちゃんもティエラお姉ちゃんたちもいるもん！」

と、男たちへ向かって叫んでしまった。豪華な服を着た男はテルの叫び声を止めさせようとしたが、ローブの男が指示を出すと、俺たちの周りに半透明に輝く光の壁ができて包まれた。

「ふふ、ハルト様に嘘を吐かれたのですか、メストア国王？」

綺麗な金髪の女性は、微笑みながらも豪華な服を着た男を睨んでいた。というか、あの人が国王様だったのか。こうして見てみると普通のおじさんにしか見えない。

「へぇ、国王は僕を騙そうと？」

「ち、違うぞ！　おい、これはどういうことだ!?」

急に慌てふためく国王様。それを無視してローブの男が俺たちのところへとやって来た。ローブの男は真っすぐに泣くテルの元へ。

「それで、君たちには他にも家族がいるのかい？」

「……ぐすっ……うん、お姉ちゃんたちがいたんだけど、変なおじさんたちに連れて行かれて……」

「ティエラお姉ちゃんも連れて行かれたんだよ！」

子供たちが次々とローブの男へと話しかける。ローブの男は黙って話を聞いてから、俺の方へとやって来た。

「君がこの子たちのリーダー？」

「……リーダーってわけじゃない。こいつらは俺の大切な家族だ」

俺が正直に話すと、ローブの男は何故か眩しそうに俺を見てくる。その横に寄り添う金髪の女性。

「まあいいや。とりあえず彼らを連れて行こう。ミレーヌ、フィア、連れて来て」

「わかりました」

「……わかった」

俺たちは金髪の女性と赤髪の女性に連れられて部屋を出る。先頭にはローブの男が。金髪の女性はニコニコと、赤髪の女性は物凄く不安そうな表情を浮かべており、あまりにも対象的な表情が気になってしまった。

そんなことを考えながら俺たちが連れて来られたのは、地下だった。多分、国王様がいるから城だと思うのだが、まさか城の地下にこんなところがあったなんて。そして何より、

「帰ッテ来タカ、創造主」

俺も初めて見る魔物、ローブを着た骸骨やゾンビがあちらこちらにいたのだ。国が魔物に襲われたって噂は本当だったのか。

「ああ、ネロ。何かあった？」

「イヤ、予定通リ進マセテイル」

「そうか、ならよかった。それじゃあ、君たち、家族のことについて話してもらおうか」

周りを魔物たちに囲まれた俺たちは、このローブの男の指示に従うしかできなかった。それから、俺たちに今日までに起きた出来事を話す。

ローブの男たちは黙って俺たちの話を聞いてくれた。赤髪の女性は俺たちの話を聞くにつれて物凄く不機嫌になっていくのが気になったけど。

「へぇ、精霊魔術師ねぇ。これはいい見つけものをした。それに黒騎士っていう珍しい職業も」

「ふふっ、楽しそうですね、ハルト様！」

「勿論だよ。思いがけずいい戦力が手に入った」

ローブの男は金髪の女性と嬉しそうに話しながら俺の方へとやって来る。そして、

「君に選ばしてあげるよ。彼らの餌になるか。君の家族とやらを守るために僕の配下になるか」

そんなことを言われたら、もう俺に選択肢はないじゃないかよ。

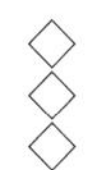

「ふへへ、やはり可愛いな、お前は」

「……汚い手で触らないで」

私は目の前にいる男、デブネの手を払う。その度にじゃらっと音がなる手錠。本当に鬱陶しいわね。外したいわ。

「くくっ、お前みたいな気の強い女は好きだぞ。その強気の顔を歪めさせたくなる」

……本当に気持ちが悪いわね。こんな奴が本当に私たちと同い年なのかしら。

「おい、ダル。お前も見たいだろ？」

デブネがそう言い声をかけるのは、私たちを裏切った元家族、ダルだった。ダルは無言のまま私たちを見てくる。

「ふん、面白くない奴だ。まあいい。色々と手続きのせいで今日まで延びたが、ついにお前で楽しめるな」

そう言ってデブネは私の手を掴んでベッドに押し倒してくる。いくら暴れても足が動かなくて、

力のない私じゃあ、デブネを押し退けることができない。

「ぐっ、の、退きなさい！」

「退くわけがなかろう。くく、お前の処女を楽しませてもらうぞ！」

デブネはそのまま私にのしかかってきて、私の胸を掴む。私はあまりの悔しさで涙が出そうになるけど、なんとか我慢する。マルス、私、我慢するから。いくらこの男に辱めを受けようとも絶対に屈しない。私はあなたとの思い出を糧に……。

「おらっ！」

その時、扉が勢いよく開けられた。いや、蹴破られたと言っても間違いじゃないと思う。そして現れたのが、

「ティエラ！」

本当ならこんなところにいないはずのマルスだった。

「ななな、なんだお前は!?」
汚い声で叫ぶ男。ベッドの上で今にも服を脱ごうとしていた男は、俺の大切なティエラに馬乗りになっていた。あいつはあの時教会にいた野郎じゃねえか。
ティエラは俺を見て驚いていたが、次第に泣きそうな表情を浮かべる。よかった。まだ、何もされていないようだ。

「どうしてお前がここに」

そして、剣に手を掛けるダル。自分の主人である貴族の野郎を守ろうと剣を抜く。貴族の野郎は歩けないティエラを無理矢理引っ張ってベッドから引きずり落とした。あの野郎、今すぐにでも殺してやりたい。だけど、それよりもダルをどうにかしないと。

「あっ、マルス君、こんなところにいましたか。あまり先に行かないでください」

ダルを睨んでいると、俺が開けた扉の方から散歩するかのように金髪の女性、ミレーヌさんが部屋へと入って来た。そして怒られた。そのミレーヌさんの隣には俺の主人となったローブを着た同年代くらいの男、ハルト様もいる。

そんな急いだつもりはないんだが。それに、どうしてそんな睨んでくるんだよ、ティエラ。怖いよ。

突然現れた金髪の美女に俺たちと同年代くらいの男にダルや貴族の野郎はポカーンと固まってしまう。しかし、次第に現れたのが女性ということで空気が緩むのがわかった。

「ふん、誰かと思えば小僧が2人に女か。しかもその女はかなりの美女だ。ダル、男は殺せ。女はこいつと一緒に遊んでやる！」

貴族の野郎がミレーヌさんを見て醜く笑う。普通に気持ちが悪い。ティエラ、こんな奴と数日も一緒にいたのか。

しかし、俺以上に気持ちの悪い貴族の野郎に対して怒っている人がいた。それは、

「おい、豚。気持ちの悪い視線をミレーヌに向けるんじゃねえ！　僕の大切なミレーヌが穢（けが）れるだろうが！」

ハルト様がキレてた。一気に押し潰されるんじゃないかと思うほどの圧迫感が押し寄せて来る。直接当てられていない俺でもこうなのだから、貴族の野郎は……うわぁ、気を失うこともできずにガタガタと震えていた。

ダルの奴も全く動かずに呼吸すら怪しくなっていた。ハルト様はその2人を無視して固まるティエラの方へ歩いて行く。そして、ティエラを優しく抱き抱えてベッドへと座らせる。

「ティエラだったな。君に選択肢をやる。これはあそこにいるマルスにも言ったことで、彼は受け入れた。僕の配下となって世界に喧嘩を売るか。それとも、このままこの豚とともに生きるか。どちらかを選べ」

この状況でそんなことを尋ねられたら、もう言う言葉は決まってくるだろう。ティエラはベッドの上で佇(たたず)まいを正してハルト様に頭を下げる。

「私ティエラはご主人様に忠誠を誓います」

「うん、僕の配下にいる限りはもうマルスと君を別れさせたりしないから。それから僕の名前はハルトだからよろしく。ほら、マルス、彼女をエスコートしなきゃ」

「あ、はい！」

……いやー、びっくりした。さっきまで物凄い覇気を出していたハルト様があんな優しい顔をするなんて。俺はハルト様に言われるままティエラの元まで向かう。なんか恥ずかしいけど、俺はティエラをお姫様抱っこする。

ティエラは恥ずかしそうな表情を浮かべながらも俺の首に手を回してくる。

「ティエラ、もう、お前に辛い思いはさせない。絶対にお前の手を離さないから」

「ええ、もう離さないでね。私もしっかりと握るから」

普段なら恥ずかしくなりそうな言葉も、一度離れ離れになって、彼女の大切さを再度確認した俺には、もうそんなことは感じない。俺はティエラと見つめ合いながらそのまま……。

「お、お前たち、わ、私の奴隷に何をしている!!」

……こいつのこと忘れていた。いくら、ティエラを助けられたからといっても、まだ終わってなかった。

「ダル！　何を見ている！　さっさとこやつらを殺せ！　それに兵士たちは何をしているのだ！何故これほど騒いでいるのに誰も来ないのだ！」

「ん？　兵士に来てほしいのか？」

喚く貴族の言葉に反応するハルト様。そして、ハルト様が指を鳴らすと、廊下を走る足音が屋敷中に響く。その音は次第にこの部屋へと近づいて来た。不安そうに腕に力を入れてくるティエラ。

そして部屋に入って来たのは、

「アアァアァァッ！」

「ウウゥアアアア！」

姿が変わった兵士たちだった。俺たちは……というよりハルト様がこの屋敷に真正面から入って行ったため、当然兵士たちに襲われた。だけど、襲って来た兵士たちすべてをハルト様とミレーヌさんが倒してしまって、ハルト様の力でゾンビにしてしまったのだ。

そして、ハルト様はそのまま貴族の野郎の元へと行く。貴族の野郎は動くことができずにハルト様を見上げるだけ。ハルト様はそいつの頭に手を置き、魔法……いや、魔術を唱えた。

「……な、何を」

「何をされたか自分の身で体験するといい」

ハルト様はそう言うと貴族の野郎をゾンビたちの方へと放り投げる。床に叩き付けられた貴族の野郎は、体を起こす前にゾンビたちに押さえつけられる。

そして、貴族の野郎の右腕をゾンビが掴んでそのまま、

「あぁ……あぁあああ!! 手がぁぁぁぁああ!! 私の手がぁぁぁぁあ!」

俺は咄嗟にティエラの目を隠す。だけど、ティエラに手を押し退けられた。自分の目で最後まで見るそうだ。

少しずつだけど、体中を齧(かじ)られていく貴族の野郎。その光景を見て叫んでいたが、次第に表情が変わっていく。

「なな、何故痛くない!? これだけ齧られているのどうして!?」

「それは、僕の魔術で君の痛覚を一時的に鈍くしたんだ。僕の配下に手を出した罰だ。死ぬまで自分の体が食べられていくのを見ているといいよ。あ、因みにそう簡単に死なないように、重要な器官は食べないように指示を出しているから」

ハルト様はそう言いながら、俺たちの方へとやって来た。もう、貴族の野郎には興味がないようだ。

「それじゃあ、マルス。お前は自分の決着をつけるんだ。さっき話した通り、適性があるのなら使えるはずだ」

「……わかりました」

俺はここに来る前にハルト様から貰った剣を抜く。そしてダルを見る。

「……なんのつもりだ、マルス」

「決まっているだろ？　お前だけは俺が……殺す！」

これが、俺とティエラを配下にしてもらう条件。だけど、それだけじゃない。俺の大切な家族を傷付けたお前を絶対に許さない！

「……俺を殺すだと？」

「ああ」

俺はダルを睨みながら剣を構える。正直に言うとこの戦いはかなり厳しい。既に『剣豪』という職業をある程度使えるダルと、『黒騎士』の職業が今一わかっていない俺とじゃあ、その時点で差が出ている。

俺がなんとかわかるのはハルト様に教えてもらったことぐらいだ。剣も振ったこともない俺と、剣に関してはほぼ負けなしのダル。かなり厳しいだろうが、退くわけにはいかない。

「くそ、こんなはずじゃなかったんだけどな。これじゃあお前らを裏切った意味が……」

ダルは自嘲気味に呟く。そして首を何度か振ると、俺を睨んできた。

「どうせ俺は殺されるだろうが、お前だけは道連れにしてやる！」

そして、迫るダル。斜め左下から鋭く切り上げて来た。俺はなんとか剣で防ぐが、腕に衝撃が走る。ちっ、痛えな。

俺がダルの剣を弾いて次に動こうとすると、既に剣を横振りに放って来た。俺は咄嗟に体を逸らすが胸元を浅く切られた。じわっと服に血が滲む。

今まで殴られたりしたことはあるが、死が関わった戦いはこれが初めて。心臓が爆発しそうなぐらい音を鳴らしているが、ここでビビって退くわけにはいかねえ！　剣を何も知らない俺が、剣術をどうたらこうたら言っても仕方がない。俺には俺のやり方がある。

俺はポケットから小袋を取り出す。昔の名残で追いかけられた時に逃げられるように砂を入れた小袋をいつもポケットに忍ばせていた。俺はそれをダルへと投げる。だけど、

「何年お前と一緒にいたと思っているんだよ。そんなことはお見通しだ！」

俺が投げた小袋を剣で弾くダル。だけど、何年も一緒にいてわかっているのはお前だけじゃないんだよ！　ダルが弾いた瞬間破れる小袋。そして黄色の粉が舞った。中に入っているのは砂ではない。俺の戦い方を聞いたミレーヌさんが、痺れ茸をくれて、それを粉末にした物を入れていたのだ。

当然、そんなことを知らないダルは粉末を吸い込んでむせる。効果は即効性のためすぐに体に効果が現れた。ほんの少しだが動きが鈍くなった。

「うっ、マルス、お前何を!?」

「言うかよ！」

戸惑うダルに俺は蹴りを入れる。辛うじて左腕で俺の蹴りを防ぐが、ぐらっとバランスを崩す。そこに俺は剣を振り下ろす。太刀筋も何もなく振っているだけだが、体が痺れて上手く動かせないダルにはこれでも十分だ。

「くっ……そ……な、めるなぁっ！　職技『天昇斬』！」

しかし、そこで引くダルではなかった。下から急激に振り上げられる剣。初めて目にする職技を俺は避けきれずに、前に切られたように左肩を切り裂かれる。更に、

「職技『頭落斬』！」

ダルは振り上げた剣を俺の頭目掛けて振り下ろしてくる。俺は痛む左肩を無視して左腕を上げる。そして振り下ろされる剣を左手のひらで受け止める。

後ろで俺の名前を叫ぶティエラ。その叫びに混じるように聞こえるカン、という音。俺はその瞬間、

「職技『ソードカウンター』！」

騎士職の職業がみんな覚える初歩的な職技。盾などでタイミングよく発動すると剣を弾くというだけのものが、今の俺に唯一使える職技だ。俺の職技で弾かれたダルの剣。目を見開き俺を見てくるダル。そんなに驚くことないだろう。俺だってお前と同じように職業を手に入れているんだ。職技を使えて当然だろうが。

そして俺は剣を弾かれてバランスを崩すダルへと迫る。剣を水平に構えて真っすぐに突き出す。ダルはなんとか体を捻ろうとするが、俺の剣の先がダルの脇腹へと突き刺さる。

俺はそのままダルにぶつかり床へと押し倒す。血を吐きながらも俺を押し退けようとするダルだが、痺れているうえに脇腹を刺されているため、俺を押し返すほどの力は残っていないようだ。

すぐに俺は立ち上がり、剣を握っているダルの右腕を足で踏みつける。脇腹に刺した剣を引き抜き、剣先を下に向けてダルへと向ける。

「……はっ、まさかこんなあっさりとやられるなんて。そういえば、喧嘩も昔からお前には勝てなかったな」

「……なんでお前は俺たちを裏切った？　何年も一緒に生きた家族だっただろ？」

俺は気になっていたことを聞く。なんだかんだ言いながらも、ダルは家族のみんなのために今まで俺と一緒にやって来た。それで死にかけることもあったけど、みんなのためなら、と一緒に。それなのに、大切な家族を裏切った理由を俺はどうしても聞きたかった。

「デブネが言ってただろうが。今までとは比べられないほどの暮らしができると言われたからだ」

「……そうかよ」

俺は一度目を瞑ってから一呼吸する。そして、剣を振り上げてダルの胸元へと突き立てた。心臓へ一突き。ダルは血を吐きながら、最期に「ティエラを頼む」と言って、そのまま動かなくなった
……最期の言葉はなんだったんだ？

「マルス、あなた……」

「えっ？　ティエラ、何を？」

もう動くことのなくなったダルを見ていると、犬型のスケルトンに乗ったティエラが俺の側まで来ていた。そして俺の顔に触れて来た。俺は突然のことで驚いたが、彼女が何度も俺の目元を拭って来るので、ようやく俺が涙を流しているのに気が付いた。

「……どうして俺は涙を」

「当然でしょ？　いくら裏切られたからって、家族は家族。悲しくなるのは当然よ」

そう言うティエラも涙を流していた。それから俺たちは2人で抱き合い涙を流した。

しばらく抱き合っていると、ゾンビたちがダルの周りに集まって行くのが見えた。俺は慌ててハルト様の元に行き頭を下げる。ダルの死体をゾンビに食べさせるのは！

「ハルト様！　配下の分際でこんなことをお願いするのはダメなんだとわかっています！　しかし、

どうかダルの死体をゾンビに食べさせるのはやめさせてもらえないでしょうか!?」

「いいよ」

「俺はどうなっても……え？」

「構わないよ。マルスが殺したものだ。好きにするといい。ゾンビたちは自由に使っていいから。それじゃあ帰ろっか、ミレーヌ」

「はい、ハルト様」

ミレーヌさんは嬉しそうにハルト様の腕に抱きつき部屋を出て行く。俺もティエラも呆気にとられていたが、ゾンビに指示を出してダルの死体を外に運び出す。

貴族の屋敷から出た俺たちは、隠れるように裏道を通りながらとある場所へと戻って来た。俺たちが今まで住んでいた家だ。荒らされたままで既にボロボロだけど、こいつを眠らせるにはここがいいだろう。

家の木の床を剥がして、俺は折れた机の脚を使って地面を掘る。1人だと少し時間がかかるかな、と思っていたけど試しにゾンビたちに頼んでみると、ゾンビたちも手伝ってくれた。1人でやるより当然捗（はかど）って、大きく開いた穴の中へとダルを入れる。

「裏切ったお前は許せないけど、最後は家族としてお前を弔（とむら）ってやる。安らかに眠れよ」

俺はそれだけ言うと土をかける。これもやっぱりゾンビが手伝ってくれて早く埋めることができた。もうこの家に帰って来ることはないだろう。

「行こう、ティエラ」

「ええ、マルス」

ダル、お前の言葉じゃないが、ティエラは俺が守る。だから、お前は安らかに眠れ。

「言わなくてよかったのですか、ハルト様？」

「何を？」

新しく配下になったマルスの用事を済まして城へと帰る途中、腕に抱きついて来るミレーヌが突然そんなことを尋ねてきた。ミレーヌは下から僕の顔を覗き込むようにして微笑みながら続ける。

「ダルと呼ばれた彼が、家族を貴族に売った本当の理由ですよ」

「ああ、あれか。あれは伝える必要がないと思ったからだよ」

僕は正直に思ったことを話す。ダルがマルスたちを売った本当の理由。それは、マルスが助けた少女、ティエラを守りたかったからだ。

あの貴族はティエラのことが欲しくてダルを脅したのだ。家族を生かすためにティエラを差し出すか、家族を暴漢たちに襲わせて殺し、ティエラを無理矢理連れて来させるか。

貴族の権力に抗うことができないダルは、全員が生きられる道を選んだ。それが今回のことになる。それに僕の要望も合わさって、ティエラ以外の全員が僕に渡される……はずだった。

そこで、貴族に雇われていた奴らが欲をかいた。スラムの奴らなんか人数ははっきりしていないと考え、売れる女の子たちをいなかったことにして奴隷商に売ったのだ。

まあ、彼らは運が悪かった。これが普通に王家に渡すだけなら減っていてもよかっただろうけど、僕の物になる物を勝手に売り払ったのだ。当然報いを受けてもらう。今頃、クリムゾンリーパーの下位種であるレッドリーパーが向かって殺しているところだろう。

「ハルト様？」

「ああ、結局言おうが言うまいが、ティエラを助けるためにダルが他の家族を売ったのは同じだ。それなら、言ってダルのことを同情させるよりかは、言わなかった方がマルスもバッサリと未練を断ち切れると思ったんだよ」

結局はダルが家族を売ったのには変わりがない。それによってマルスの殺意が鈍るようなら言わない方がスッキリとするだろう。

「ふーん、そういうことにしておきますよ」

そう言ってクスクスと笑ってくるミレーヌ。こんにゃろう。

「最近少し調子に乗っているな、ミレーヌ」

「へ？　そ、そんなことないですよ!?」

「問答無用！　これは少しお仕置きが必要だな」

「きゃあっ!?」

僕はミレーヌの細い腰を掴んで担いで城まで戻る。ミレーヌが叫んでいるが無視だ。僕は自分たちの部屋に戻ってから、ミレーヌににゅるにゅるとろとろとお仕置きをするのだった。

「おら、ガキども、飯だ」

大きい男の人はそう言うと、私たちが閉じ込められている檻(おり)の中に2つの黒パンを放って来る。

ここに連れて来られて奴隷にされてからは1日1回のこれが唯一の食事。

檻の中には私とミント、それより小さい子たち合わせて7人もいる。当然そんな黒パン2個だけだと足りないのだけど、私たちはそれを小さく千切ってみんなで分ける。

小さい子たちには大きく千切って、私やミントは我慢する。家族でいる時も偶に食べられない時があったけど、今ほど辛くなかった。多分、マルス兄ちゃんやティエラ姉ちゃんたちが今の私たちみたいに分けてくれていたからだと思う。

……会いたいなぁ。思わず泣きそうになるけど、目をぎゅっと瞑って我慢する。私が泣いちゃうとみんなに移っちゃうから。

そんな風に少ない食事をみんなで分けて食べていると、扉の向こうから話し声が聞こえてきた。

そして扉が開かれてやって来たのが、この店の店長だった。

しかも、私たちに対しては怒鳴り散らすような店長が、ニコニコと手もみをしながら人を連れて来た。よっぽど金払いのいい人なのかな？

連れて来た人は、年が50代ぐらいの白髪のおじさんだった。右手に黒い杖を持っていて、普通なら優しそうなのだけど、今は睨みつけるように私達を見てくる。

「こちらが、お客様のご希望の商品となっております」

「全部で7人か？」

「はい、少し体力は劣るかもしれませんが、楽しめると思いますよ」

ぐふふ、と気味の悪い笑みを浮かべる店長。それを気にした様子もなく、私たちのことを見てくるおじさん。そして、他の奴隷たちに見向きすることもなく、

「買おう」

と、決めてしまった。その言葉を聞いて破顔する店長は、嬉しそうな声で他の店員を呼んで私たちを檻から出す。

檻から出された私たちは、最低限の清潔が保たれた服を着せられ、おじさんのいる部屋へと連れて行かれた。それからはあっという間に私たちは店から出て行くことになって、今はおじさんの後ろを付いて行く。

一体どこへ連れて行かれるのか不安で、下の子たちは私やミントの服を握って離さない。おじさんは何も言わずに歩くだけ。

しばらくおじさんの後に付いて行くと、どこかの屋敷に辿り着いた。今まで入ったことのない大きさに私たちは驚いたけど、おじさんは気にせずに進む。

慌てて私たちも後を付いて行く。大きな屋敷にあっち見たり、こっちを見たりとせわしなく顔を動かしていると、大きな広間に出た。

その中心でおじさんが杖でコツンと床を叩くと、床が突然動いて穴が開く。私たちが驚いて声も出せずにいると、

「付いて来い」

と、一言だけ言って穴の中へと入って行った。私たちも慌てて穴に近づくと、穴の中は階段になっていて、おじさんはこの階段を降りて行ったみたい。少し怖いけど、私が先頭になって穴の中

へと入って行く。

それからしばらく歩くと、ようやく階段が終わって、地下のようなところに出た。かなり広い空間が目の前に広がっている。ただ、それ以上に驚いたのが、本当ならこんなところにはいないはずの魔物がいたことだった。

初めて見るスケルトンにゾンビ。見たことのないものもいて、私たちは怖くて泣きそうだった。小さい子たちは私やミントの体に顔を埋めて見ないようにしている。ああ、私たちはここで死んじゃうんだ。そう諦めていたら、

「エマ！　ミント！」

私たちを呼ぶ声が聞こえて来た。声のする方を見るとそこには手を振るマルス兄ちゃんやティエラ姉ちゃんたちの姿があった。その姿を見たらもう我慢なんてできなかった。止めどなく溢れる涙。気が付いたら兄ちゃんたちの方へと走っていた。勢いよくぶつかる私を優しく、でももう離さないという風に力強く抱きしめてくれる。えへへ、温かいや。

「ごめんな。怖かっただろ？」

「うん、物凄く怖かった！　だからもっとギュッとして！」

「ったく、いつもは子供扱いするなって言うくせに」

そんなこと知らないもん！　私は兄ちゃんの言葉を無視してより強く引っ付く。しばらくそうしていると、

「お疲れ様、ネロ」

「別に大丈夫だ、創造主よ。ソレヨリ、ミレーヌガイナイガ？」

兄ちゃんたちとあまり年の変わらない人がやって来た。そして、私たちを買ったおじさんと話を……えっ？　さっきまで普通のおじさんだったのに、途中で骸骨に……この人も魔物なの？

「俺たちと年の変わらない方が俺たちの主人になるハルト様だ。それでみんなを買ってくれた人がネロ様だ。これからお世話になる人だからみんな失礼のないようにな」

……私たちは生きていけるのでしょうか？

◇◇◇

「……あ〜、かったりぃ〜。なんで俺がこんな離れまで来なきゃいけねぇんだよ。せっかく女どもと遊んでたのによ」

「仕方なかろう。以前現れた目標を神官どもに任せていたら逃がしたのだから。あのお方も今回は逃がすわけにいかないと思っているのだ」

「はぁ、あの人が1回でもヤラせてくれるなら俺もやる気が出るんだがなぁ」

「口を慎め、蟹座。私だからまだいいものの、あの方の信者なら、お前のことを殺しにくるぞ？」

「はっ、殺せるもんなら殺してみろってんだよ。はぁ、早く着かねぇかねぇ？」

「ふん、聖王国最速のペガサスに乗っているというのに。本来なら馬車で1年近くかかる距離を2週間で飛ぶのだぞ？　贅沢を言うな」

「へいへい。あーあ、向こうでいい女はいないかねぇ。そういえば、目標も女だっけ？　可愛かったら殺す前に楽しませてもらおうかね」

「……そんなもの認められるわけないだろう」

僕を忌々しそうに睨みつけてくる国王。周りに座る大臣たちも僕を睨んでくる。全員が射殺すように視線を向けてくるなか、ミレーヌはにこにこと、フィアは不安そうに、僕は悠々と席に座る。

「今回の件は私の確認不足にあっただろう。父……国王陛下もこんな私のために手を打ってくれた。その結果に少し不手際があったが、結果的に約束は守られた。それではダメなのか？」

「ふーん、国はその程度のことも守れないのにか？」

「……それは」

僕の言葉に顔を顰（しか）める王太子。しかし、今回のことは自分が原因のため強く言えないようだ。

「まあ、考えといてよ。国がなくなるのとどっちがいいか」

それだけ言い残して僕は部屋を出る。この後は僕に対する罵言雑言（ばりぞうごん）の嵐だろう。

「ハルト様は意地悪ですね。夜と一緒です！」

「……その言い方はやめてくれよ。それに意地悪じゃないよ」

にこにこしながらそんなことを言うのはやめてくれよ。恥ずかしいじゃないか。

「でも、あの人たちには決められないと思いますよ。この国からフィストリア教を追い出すなんて」

笑いながらそんなことを言ってくるミレーヌ。彼女が今言った内容は、僕が先ほど国王たちへと提案したことだ。僕の最終的な目標はフィストリアを殺すことだ。それまでに少しでも教会の力を削ごうと考えたのだ。

別にひとつひとつ潰していってもいいのだけど、それこそ時間がかかってしまう。この大陸の人族の国には必ずあるからね。まあ、大抵の国が教会を追い出すなんてできないだろう。そんなことをすればこの大陸最大の国、フィスランド聖王国と敵対することになる。

こんな端っこの国だとそんなことはないだろうけど、それでも国民の大半が信仰しているため問題は必ず起こるだろう。まあ、教会をこの国から追い出すのは無理だと僕も思う。その結果、国王たちがどのような行動を起こすのかが楽しみなのだけどね。

「……あなたたちはこの国をどうしたいのだ」

そんなことを考えていると、後ろからぽつりと声をかけられる。振り返れば、少し離れたところで立ち止まっているフィアがいた。綺麗な顔を歪ませて、手をぎゅっと握って僕を見ていた。

「この国を乗っ取るわけでもない。かといって放っておくわけでもない。中途半端に口を出して皆を惑わせる。あなたたちは何がしたいのだ！　目的を果たしたのならさっさと出て行ってくれ！」

涙を零しながら激しく叫ぶフィア。ここまで我慢していたのが爆発しちゃったかな？　それを見たミレーヌが怒りを露わにして、フィアに何かを言おうとするけど僕が手で制する。

ふむ、この国のことは正直言ってどうでもいい。隷属していない奴らなんて全く信用できないしね。現に国王たちのことなんか全く信用していない。裏切ることを前提にすべて進めている。

だけど……うん、これも運命ってやつかな？　そういうのは信じたことなかったけど、この国を選んだおかげでミレーヌに会えたし、フィアにも会えた。それにマルスとティエラという拾い物もあった。

それにどうせこの国の名前を借りるのだ。ついでに言ってもいいだろう。僕はフィアの元まで行き、綺麗な顎に手を添えて顔を上げさせる。僕と視線が交わるフィア。

「な、何を……」

「フィア、君がこの国の女王になれ。そうすれば僕は自分の持てる力をすべて使ってこの国を守ってあげるよ」

「なっ⁉」

僕の提案に驚きの声を上げるフィア。彼女が女王になれば、間接的にはこの国は僕のものになる。

僕が王になってもいいけど向いてないからね。そんなことをしている暇もないし。

「そ、そんなことを……それは父上とヘンリルを殺せと言っているようなものじゃないか！」

「別に殺さなくてもいいよ。隠居なりなんなりさせればいい。まあ、僕的には反乱などが起きないように殺した方がいいのだけど。だけど、これはかなりの譲歩だと思ってほしい。正直に言えば僕は自分の物以外はどうでもいい。殺したい、憎いとすら思っている。それなのに、殺さないでいるのは生活のためでもあるけど、今は僕の配下であるフィア、君がそう願うからだ。その気になればいつでも殺せるのにそうしていないのは、君が自分を犠牲にしているからだ。そのことを考えてほしい」

「わ、私は……」

「まあ、すぐに決める必要はない。考えるといいよ。何がこの国のためになるか。ただ、間に合うようにはしないとね。取り返しのつかないことになった時に後悔しても遅いから」

僕はそれだけ言ってその場を後にした。途中でミレーヌが「やっぱり意地悪ですぅ」と言ってきたが、そんなことはない。殆ど選択肢がないとしても、自分の未来を選ぶ機会があるだけマシだ。僕みたいに一方的に消されることだってあるのだから。

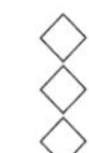

「……私はどうすれば」

私は当てもなく街の中を歩く。護衛など誰も付けずにただ1人で。城にいても何も案が思いつかず気分を変えようと思って外に出たが、あまり変わらない。それどころか、余計にいらないことを考えてしまう。

ハルトから例の提案をされて今日で3日が経った。当然答えなんて出ていない。

どうすればこの国のためによいのか……か。私はそのことをずっと考えていた。はっきり言ってハルトは悪だ。これは紛れもなく断言できる。そもそも、ハルトがこの国を攻めて来なければこんなことにはならなかったのだから。

だけど、言いたくはないけど、ハルトたちがやって来てこの国の中がよくなった部分もある。それは、近くの町から犯罪者が消えていったことだ。

理由はわかっている。ハルトたちが死霊系の兵を集めるのに殺しているのだ。どんな基準でどのくらい殺しているかはわからないが、そのおかげでかなり治安がよくなっているとの報告もある。

そのせいで、余計にわからなくなった。現に大臣たちのなかには必要悪として、手を取っていこうと言う者まで出て来ている。

私がため息を吐きながら歩いていると、気が付けば王都の中心広場まで来ていたようだ。王城ではあんなことがあったが、街の中は平穏そのものだ。

ハルトが言っていた通り、私の願いを守ってくれているのだろう。そのことが胸をほんの少し熱くする。彼の配下でいる限りは約束を守ってくれる。

「ねこちゃん！　下りて来て！　そんなところ危ないよ！」

「馬鹿、大きい声を出すなよ！　猫がびっくりして逃げるだろ」

「お兄ちゃんも大きい声出してるよ。でも、降りて来ないなぁ」

1人でぼんやりと考えていると、そんな声が聞こえて来た。声の方を見ると、広場に植えられている木々の1つに子供たちが集まっていた。

子供たちの視線の先には木の枝の上に乗る猫がいた。高さは3メートル近く上で、どうやら自分で登ってから下りられなくなった子猫のようだ。怖いのかか細くにゃ～と鳴いている。

子供たちは色々と考えて子猫を下ろそうとしているが、上手くいかないのかみんなで話し合っている。微笑ましい光景だ。私はそんな子供たちの元へと近寄る。

「私が助けてやろう」

「ほんとっ!?」

「えー、姉ちゃんには無理だろ～？」

私の言葉にそれぞれ反応する子供たち。ふふ、この程度の高さなら造作もないぞ。私は軽くその場で何度か跳ねて、一気に跳ぶ。木を何度か蹴って駆け上がると、目の前には私を見る子猫の姿が。

傷付けないように優しく両手で抱き抱えて、そのまま地面へと落ちる。腕のなかで子猫が悲壮な叫びを上げているが少し我慢してくれ。ストンと地面に着地すると、子供たちが集まって来る。

「ほら」

「うわぁ～、ありがとう、お姉ちゃん！」

うんうん、やっぱり子供たちの笑顔はいいものだ。この子たちの笑顔を守るためならなんでもできる。手を振りながら去って行く子供たちを見ていると、落ち込んでいた気分も少し楽になった。

「一旦帰ろうか」

どうしたいかはまだ決まっていない。いないがどのような選択となっても考えるのは国民のことだ。このまま、父上たちがハルトのことを排除しようとするのなら、ハルトも我慢はしないだろう。必ずこの国は消される。

そうならないようにハルトの言った通りにすれば、この国は残るけど、父上たちに私は剣を向けなければならない。それに、ハルトの目的にこの国が利用されるのは目に見えている。その結果この国が戦火に見舞われることも……。

何がいいのかわからないまま、私は城へと戻って来た。とりあえず父上たちの考えを聞こう。教会をどうするか話し合っていたはずだ。ぼんやり考えながら歩いていたら、見慣れないものがいた。

「……なんでこんなところにペガサスが？」

「ぶるるぅ」

なんだよ、とでも言いたそうな顔で私を見てくる2頭のペガサス。私も絵師が描いたペガサスしか見たことがなかったが、翼を持った馬なんてそう見間違えないだろう。

この近辺では生息しない魔物だ。ということは誰かが乗って来たのだろう。しかし、ペガサスはかなり貴重な生物だ。このような魔物を足代わりにするなど……。

私は急いで父上の元へと向かう。なんだか嫌な予感がする。いつも話し合いで使う会議室に行くと、丁度部屋から父上たちが出て来た。その後ろには、見たことのない男が2人いる。

1人は20代半ばぐらいの男で、ボサボサとした金髪を持ち、全身黒く焼けた肌をしている。それにジャラジャラとネックレスや指輪を着けていて、あまり好きにはなれない。

その隣には、40代ほどの男性が立っている。金髪を短く切り揃えており、身長が隣の男より頭1つ分ほど大きい。かなり筋骨隆々としている。

この2人が外にいたペガサスに乗って来たのだろう。明らかにこの辺りの人間ではない。それに、2人が着ている服。金色の十字架が背に刺繍された白い服。私も噂程度でしか聞いたことなかったが、彼らは……。

「おお、フィア、帰って来たか！」

私の姿を見つけた父上が嬉しそうに声をかけてきた。その後ろにいる大臣やヘンリルたちもだ。

「……ただいま戻りました、父上。それでこの方たちは？」

「ああ、この方たちは大国、フィスランド聖王国から来られた、かの有名な十二聖天のお2人だ。蟹座様、牡牛座様、この者は私の娘でアークフィアと申します。ほら、フィアも挨拶を！」

「……アークフィア・メストアです」

初めて見る十二聖天だが、見ただけでわかる。この者たちの実力が。この前のハルトの配下であるリーシャと呼ばれていた騎士と対峙した時に似ている。

「へぇ～、こんな辺鄙なところにも綺麗な子いるじゃん！　ねぇ君、これから俺と遊ばねぇか？」

そんな2人を見ていたら、若い方の男、蟹座と呼ばれた方が私に近寄りながらそんなことを言ってきた。そして、私の肩に腕を回してそのまま胸を……。

「や、やめろ！」

触る前に払い退けてしまった。私はすぐに蟹座から距離を取って警戒する。蟹座はボリボリと髪をかきながら、はぁとため息を吐き私を見てくる。

「あーあ、振られちゃった」

「何を馬鹿なことをしている。さっさと目的を果たすぞ」

「へいへい」

男は更に声をかけようとしてきたが、屈強な男、牡牛座と呼ばれた男が止めてくれた。

「喜べフィア。もうすぐお前も解放される」

「……それはどういうことですか？」

我が物顔で城の中を歩く2人の後ろ姿を見ていると、突然そんなことを言ってくる父上。一体どういうことだ？

「彼らは『精霊魔術師』という職業を持った者を探しに来たようでね。その職業を持つ者といえば、あいつに渡したなかにいただろう。それであいつのことも一緒に話したら、なんとあのお二方があいつを排除してくれることになったのだ！」

嬉しそうにそう話す父上。ということは地下に向かっているのか。だけど、そう簡単に言うことを聞くのか？

「父上、それに条件などはなかったのですか？　彼らは無償でそれを受けて？」

「そんなわけないだろう。しかしこれは喜ばしいことだ。メストア王国は解体で、フィスランド聖王国の飛び地となる。ここはメストア伯爵領地となるのだ！　あの大国の一部となることができるのだ！　数千の奴隷と納税義務が発生するが、あの大国から守られるのなら安いものだろう！」

……どうしてそんな嬉しそうに話せるのだ？　私は何故か父上たちのことが恐ろしく見えて距離を取ってしまう。どうして、そんな提案を嬉しそうに受け入れたのだ？

別に私は王族に未練があるわけではない。ないが先祖代々受け継がれてきた国をどうしてそう簡単に……それに国民を奴隷にだなんて。いや、それなら私も同じか。国のためと言いながらハルトに隷属させられているのだから。

私は何も言うことができずに父上たちの後ろを付いて行くしかなかった。しばらく歩くと地下へ続く階段へと辿り着く。

十二聖天の2人は怯むことなく階段を下りて行く。いつもなら嫌がる父上ですら嬉しそうに下りて行った。私は下りる度に重く感じる足を動かしながらも、何故かこの前の言葉を思い出していた。

『取り返しのつかないことになった時に後悔しても遅いから』

という言葉を。何が正しいのかはわからない。私は間違っているのかもしれない。けれど……。

「ここか。これはまた広く造ったものだ」

「おっ、ガキ見っけ！　男だから死……うおっ!?」

気が付けば私は腰の剣を抜き蟹座へと切りかかっていた。後ろから狙ったにも関わらず、頭を下げ余裕で私の剣をかわす蟹座。私はそのまま走り狙われた男の子の前に立つ。

「なんのつもりだ、女？」

「……私は自分の意思で剣を握る。大切な民を守るために。私の目の前で国民を傷付けることは許さない！」

もう私の剣はぶれることはない。私の剣はいつだって民のためにある。その決意を胸に剣を構えながら男の子を庇うように立つ私を、睨みつけてくる2人の男。ぐっ、なんて圧力。呼吸するのも辛くなってくる。

「これは国が我々に逆らうと判断してよいのか、国王よ？」

「ま、待ってくだされ！　こ、これは何かの間違いで……おい、フィア！　何をしているのだ!?」

「何をしているはこちらの話です、父上！　国を売り民を売り、この国を潰したいのですか!?」

「何を言う！　この国のためを思って受け入れたというのに！」

駄目だ。何を言っても父上は聞いてくれない。前はこんなに頑なではなかったのに。

「国王よ。この女は我々に歯向かった。殺しても文句は言わんな？」

「……仕方ありませぬ」

私は父上の言葉に涙が出そうになった。別に庇ってもらえることを期待していたわけじゃない。だけど、こんな簡単に答えるとも思っていなかった。もう、目先のことにしか思考が向いていない。

「くくっ、これで好きに犯せるぜ！」

蟹座は嬉しそうに笑うと手を振った。そして次の瞬間私は吹き飛ばされていた。男の子に当たることはなかったけど、何度も地面を転がってようやく止まる。

「……うぅっ……一体何が……きゃあっ!?」

訳もわからずに立ち上がろうとすると、突然左肩に切り傷ができる。それもかなり深く。どくどくと流れる血。右手で傷口を押さえて、左手で剣を持とうと思ったら剣が半ばで切られていた。

さっき吹き飛ばされた時か！

「まずはガキを殺すぜ！」

私は剣を捨てて立ち上がるが、既に蟹座は男の子を見ていた。ここから走っても間に合わない！

私は叫ぼうとしたが既に蟹座は手を振った後だった。男の子が切られる！　そう思った瞬間、地面がせり上がる。

地面から現れたのはスケルトンたちだ。それらが幾重にも重なり合い大きな壁となった。そして蟹座の攻撃を防いでしまった。更に、

「燃やして！　サラマンダー！」

「ぬっ」

「うおっ！」

2人の足元から火柱が立ち上がる。それに気付いた2人は飛び退いた。

「勝手ニ人ノ家デ暴レルトハ」

「ふう、ありがとうねサラマンダー」

『ギュルル』

そして現れたのはハルトの配下であるネロとティエラだった。ネロたちの後ろには私たちも苦しめられた魔物、オプスキラーが並んでいる。

「こいつらが国王の言っていた奴らか」

「へぇ、可愛いじゃねえか。王女もろとも遊んでやるよ！」

ティエラを見るなり走り出す蟹座。ネロが杖を前に出すとオプスキラーたちが蟹座へ向かい走る。

オプスキラーたちが次々と蟹座に向かって拳を振り下ろす。当たれば即死は免れないだろう一撃を、蟹座は軽々と避けて行く。

そのうえ、蟹座が腕を振る度に細切れに切り裂かれるオプスキラー。やはり奴の腕には何かあるようだ。奴が腕を振る度に斬撃が放たれる。

「ちっ、うぜぇなこいつらぁ！」

しかし、蟹座がいくら細切れにしようとも、オプスキラーは死体の集合体。核が残る限り切られても集まって元に戻る。蟹座の周りにはオプスキラー10体ほどが囲んでおり、それぞれが次々と蟹座へと殴りかかる。そして、

「ちぃっ！」

オプスキラーを巻き込むように先ほどと比べ物にならないほどの火柱が蟹座を襲った。天井を黒く焦がして、火が得意な私すら熱く感じるほど。

火柱の元凶であるティエラを見ると息が上がっているのがわかる。かなり魔力を持って行かれるようだ。しかし、これなら奴も……。

「いつまで遊んでいる蟹座。さっさと目的を果たすぞ。その女が『精霊魔術師』だ」

「やっぱり？　俄然やる気が出て来たわ」

タダでは済まない、そう思ったが、火柱が掻き消された中から黒く煤けただけの蟹座が出て来た。

「チッ、行ケ」

更にオプスキラーが迫るが、一瞬で細切れにされてしまった……なんだか切られる範囲が少しずつ広がって細かくなっているような。

「切り刻め！」

そして、蟹座を囲んでいた他のオプスキラーたちが一瞬で塵に変わってしまった。蟹座の周りの地面は円型に切り刻まれた跡が残っており、深く刻まれたその跡は、斬撃の鋭さを物語っていた。

「ほらほら、次々行くぜ！」

蟹座はそのまま真っすぐネロたちへと突っ込んで行く。次々と死霊系の魔物を召喚するが悉く刻まれていく。ネロが放つ魔法ですら切り刻まれる。

あっという間に魔物たちは突破されて、ネロの目前に蟹座が迫る。ネロへと向かい手をかざして、

「死ね」

放たれる斬撃。ネロやティエラは反応することができずにそのまま……切り刻まれることはなかった。2人の目の前に地面から伸びる黒い影。それが斬撃を防いだのだ。

そして、影はそのまま蟹座へと伸びて行く。蟹座は影を避けるが、後を追うように更に伸びて行き、蟹座を捉えた。蟹座は影を切ろうとするが、まるで吸収されるかのように切ることができない。

「誰か来るとは思って準備していたけど、無駄にならなくてよかった。これは中々の実力者が来たじゃないか」

「くくっ、これは楽しめそうだぞ、マスター！　今回は慣れない事務的なことをやらされたのだ。少しは好きに暴れさせてもらうぞ！」

「ああ、好きにするといいよ、リーシャ。ミレーヌはみんなのところへ。危ないからね」

「わかりました、ハルト様」

更に地面に伸びる影から突然現れたハルトたち。今まで姿を現さなかったリーシャもいる。彼らが現れたことで膨れ上がった圧力。

「マルス、私の戦いをよく見とくのだぞ！　一剣（ソードワン）・疾風ノ大剣（ゲイルガルノドフ）」

「は、はい！　わかりました、師匠！」

戦える喜びに歓喜するリーシャと真剣な眼差（まなざ）しでその後ろ姿を見るマルス。そして、

「くくっ、あはははははっ！　こんな早く復讐の対象に会えるなんて！　覚悟しろよ、お前ら。殺してほしいと願うまで殺してやる！」

普段からは想像ができないほどの狂気を見せるハルト。私はその姿をドキドキとしながら見ることしかできなかった。

「なんてザマだ、蟹座よ。そんな簡単に捕まりおって」

「うるせえな。ちょっと待ちやがれ！」

僕の目の前で話し合う2人。ティエラの職業を聞いて助けた時から、準備をしてきてよかった。

僕の時のように神の力と思われる『精霊魔術師』の職業を持つティエラを見つけた際に、神官が必ず報告すると予想はしていた。

その結果誰かしらが捕まえに来るとは思っていたが、まさか聖王国のなかでも上の奴らが来ると

は思わなかった。それほど、女神は神の力を恐れているらしい。

確かにティエラの職業はとんでもない。まだ、助けてから数日しか経っていないけど、その数日の間でサラマンダーという火の精霊と契約をして、普通の魔法師以上の実力を持っている。

僕からしたらとんでもなくいい拾い物をしたけど、女神からしたら脅威以外の何物でもないだろう。だから、奴は力を手に入れる前に元を断とうとする。女神の敵として。

「まあ、今回は色々と運がよかったけど」

「あぁっ！　やっと解除できたぜ！　てめえ、俺相手だというのに余裕じゃねえか？」

僕の影縛を破って睨んでくる男……あぁ、イライラするな。そんな目で見られたらさっさと殺したくなるじゃないか。

……ふぅ、深呼吸をしよう。そう簡単に殺したら面白くない。でも、どうやって殺そうか。刺殺、絞殺、毒殺、圧殺、斬殺、他にも色々とあるが迷ってしまう。

「はぁっ！」

「おっと！」

そんな風に1人で考えていると、若い男とは別の男が僕に殴りかかって来た。かなりの速度で迫って来るが僕は動かない。いや、動く必要がなかった。

僕の剣であるリーシャが男の拳を防いでくれたからだ。それにしても嬉しそうだなぁ。そんなに事務仕事が嫌だったのか。机に座ってとかじゃなくて話をしに行ってもらっていただけなのに。

「くはははっ！　数百年ぶりの十二聖天の実力、見せてもらうぞ、小僧！　落胆はさせるなよ！」

「この俺を小僧だと？　……ただで死ねると思うな、女騎士！」

2人はそう言い合いながらどんどんと離れて行く。既に戦闘の音とリーシャの高笑いだけが地下を木霊していた。

……今度からはもう少しリーシャに向いた仕事をお願いしよう。うんうん。リーシャたちが消えて行った方を眺めていると、

「……いい度胸だてめえ。この俺を無視するとは！　後悔させてやる！」

僕の魔術を無理矢理破った男、確か蟹座だったっけな。そいつが僕に向かって来た。僕は元気だなぁとそいつを見ながら、とんとんと軽く右足で地面を叩く。

すると、僕の影がグニョグニョと動いて、形を変えていく。地面に影を差している間は平面だったのが、立体的に変わっていき、現れたのはのっぺらとした黒い人型の影。

「相手をしてやれ、悪魔の影(ドッペルゲンガー)」

悪魔の影という、僕の魔力と血で作った分身みたいなもので、自由に姿形を変えることができる。リーシャが離れている時の万が一のために護衛として作っておいたのだ。強さはリーシャお墨付きだ。こいつがどこまで戦えるのか確かめるのも今回の目的である。

僕の言葉で蟹座へと向かう影。蟹座は少し驚いた様子を浮かべるが、すぐに気を取り直し攻撃を仕掛けて来る。さっきも見ていたけど、腕を振る度に放たれる斬撃や、自分の周りにいくつも放つ斬撃など、色々とあるけど、影とは相性が悪いかもね。

真っすぐに突っ込んで来る影に、蟹座は侮りながら斬撃を放つ。簡単に首を切られた影を見て、既に僕の方を見ていたが、影は歩みを止めることなく蟹座へと迫る。

「ちっ、なんだこいつは！」

首がなくなっても動く影に蟹座は戸惑いを見せる。影はいつの間にか手を槍のように鋭く尖らせて蟹座へと突きを放つ。

蟹座は両手を使い影の手を逸らす。影の手と触れる度にカンカンと鳴るのは、鋭く尖った腕を斬撃で軽く弾いているからだろう。

影の突きを避けながらも斬撃を放つ蟹座。腕だけではなく足からも放ち影を切り裂くが、すぐに元へと戻る。うーん、聖王国最強の12人の1人っていうからどんなもんかと思ったが、期待はずれかな？　もう少しやるもんだと思ったが。

「うぜぇ！　はぁっ！」

僕のそんな気持ちを他所に、蟹座は周囲を切り刻む技を使い影を細切れにする。普通ならオプスキラーみたいに核を潰すと死ぬのだが、この悪魔の影の核は表には出て来ていない。ある場所に隠しているため、普通の方法では死なないのだ。このことに気が付かなければ、ただ単に体力などを消費するだけだ。

細切れから元に戻る影。蟹座は得体の知れない影に顔を引きつらせながら更に切り刻む。隙を見て僕の方へと向かおうとするが、上手いこと影が間に入るため、こちらには来られない。

少しは気が付くかなぁと思ったけど、あの様子だと気が付いていないね。さっきも思ったけど、僕の過大評価だったのかもしれない。

「……はぁ、期待はずれもここまで来ると笑えるね。侵食ノ太陽(イクリプスソル)」

僕は右人差し指を蟹座へと向け魔術を発動。指先にちょこんと丸い黒の球体が現れる。それを蟹座へと……対峙する影の背に向けて、放つ。

結構なスピードで放たれた球体は影を貫き、蟹座をも簡単に貫く。影によって見えなかったため
か、驚きの表情を浮かべながら貫かれた。死なないように急所は外している。そう簡単に死なれた
ら面白くないからね。
「がっ……はっ……く、っそ、この野郎が！　ぶっ殺してやる！　聖痕発動！」
怒りで睨んでくる蟹座が右肩の服を破ると、そこからは傷痕のようなものが現れた。そして、蟹
座が何かを呟くと、その傷痕が輝き出し、魔力が増幅し始める。
さっきまでの蟹座とはまるで別人のように魔力が膨れ上がり、目に見えるほどだ。
「カルキノス・ゾディアック……これを見たからには生かしておけねえぞ、小僧」
「今更何を言うのか……死ぬのは君だよ」
まだ、楽しめそうだね。そろそろ僕も戦うとするかな。そんなことを考えていると、膨れ上がる
魔力が蟹座を包み姿を変えていく。背中には大きな翼が4つ生えて、手は蟹の鋏のように変わって
いる。大きな翼をはためかせて空を舞う蟹座。
「くくっ、女神様から貰ったこの力で、天使の力でてめえを殺してやる！」
そう言いながら飛び回る蟹座。あの姿が天使？　あれが天使ならゴブリンですら天使だ。汚い魔
力を撒き散らしやがって。何故かあの魔力の雰囲気が受け付けない。女神の力と聞いたからかな？
ぶんぶんと蝿のように飛び回る蟹座。楽しめそうとか考えていたけど、あの魔力は本当に不快だ。
僕のなかにある男神の力のせいか、あの女神の魔力が漂っていると思うだけでイライラしてくる。
……予定変更だ。さっさと殺そう。僕は悪魔の影を下がらせて、侵食ノ太陽を自分の周りに発動
する。全部で8つ、10センチほどの球体が周りに浮かぶ。

「死ね！」

蟹座は不規則に宙を飛びながら迫って来る。魔力で作られた鋏で先ほどのように斬撃を放つ。雨のように降って来る斬撃は避ける隙間もないが、すべての斬撃を侵食ノ太陽に任せて、僕は動かずに蟹座の動きを見る。

近づく魔力に反応して動いてくれるので、僕の目の前で忙しなく動く球体。しばらくそうしていると、蟹座の動きに慣れてきた。そろそろ動くか。

僕は更に両手に球体を発動し形を変える。2つの球体が合わさり伸びて行く。そして現れたのは漆黒の大鎌だ。命を刈る、と意識していたらこの大鎌ができたのだ。

黒以外何も映らない大鎌を持ち、僕は蟹座へと向かう。蟹座はそんな僕を見て舐めたように笑い声を上げる。大方、宙を飛んでいる自分には届かないと思っているのだろう。

あいつは馬鹿かよ。届かないなら届かないなりにやりようはあるが、届くから向かっているに決まっているだろうが。

僕は向かいながら周りに付いて来るように飛ぶ球体に意識を向ける。今も放って来る斬撃に反応して防御のために動いている球体は残して、3つほど自分の意思で動かす。

3つの球体は僕より前、少し高めの位置で止まり形を変える。その形は平たい円盤のようになり宙を飛んでいた。直径は60センチほどで、僕はそれに向かって跳ぶ。そのまま円盤の上に乗って更に跳ぶ。これが対空中戦用に考えた方法だ。

飛べなければ、空中に足場を作ればいいんじゃないのか、という力技だが。それでも足場はしっかりとしているため十分使える。

3つの円盤を少しずつ前へ上へと移動させて僕はその上へと跳び乗る。それを繰り返して僕は蟹座へと近づく。蟹座は驚き離れようとするが、僕の方が速い。僕が大鎌を振り上げると、避けられないと思ったのか蟹座は両腕を交差させて大鎌を防ごうとする。

しかし、この鎌は侵食ノ太陽から派生させて作った武器だ。当然魔力に反応する能力は持っているし、鎌としても業物（わざもの）の剣を切り落とすぐらいの鋭さは持っている。

僕の振り下ろした大鎌は抵抗を殆ど感じることなく蟹座の交差した両腕を切り落とした。あまりの鋭さにスパッと切れた腕からはすぐには血が出ずに、蟹座にも痛みがないようで不思議そうな顔をしていたが、次第に痛みが来たようで叫び始めた。

僕はその声を無視して大鎌を振った勢いのまま縦回転させ、石突きのある持ち手の方で蟹座を叩き落とす。蟹座の顔を縦に叩いたため、蟹座は頭から地面へと落ちて行く。

蟹座が落ちて行く先には僕の作った影が手を大きく広げて待っていた。そして、蟹座を背後から捕まえると、

「がっ⁉」

蟹座の胸元から鋭い棘（とげ）が次々と生えてきた。影が体の一部を変えて棘を生やしたのだ。そしてその棘が蟹座の背中から突き出て来たのだ。

蟹座は棘を抜こうと暴れるのだが、影の捕まえる力の方が強く、傷口が広がっていくだけだ。次第に蟹座の力は抜けていき、最後には棘に引っかかったような状態で動かなくなった。

あまりにも呆気なく終わったが、もう少し生かしておいてもよかったかな。情報を聞き出してから殺してもよかったかもしれない。まあ、やってしまったものは仕方ない。

僕が蟹座の死体を影に任せて、まだ戦っていると思われるリーシャの元へと向かおうとしたその時、物凄い圧力が背後から僕に襲いかかる。

すぐに臨戦態勢になり、背後の気配から距離を取る。振り返って見てみると、影はこの圧力で霧散していて、残ったのは蟹座の死体だけ。

しかも、死んでいるはずの死体が何故か動き出す。まるで僕が魔物として生き返らせたように。無機質な目で僕を見てくる蟹座の死体は、ジロジロと僕を見てから、

「あなたがこの子を殺したのね？」

と、口を開いた。しかし、声色は蟹座のものではなく、誰が聞いても聞き惚れると思うほどの女性の声だった。僕にとっては不快にしか思えなかったが。

仕草もいきなり女性のようになり、とても気持ちが悪い。誰かが死体に乗り移っているのだろう。

「もーう、せっかくのおもちゃを作ったのに！　でも、面白かったかしら？　この改造兵士は？」

「改造兵士だと？」

「ええ、ただの兵士の記憶を弄って私の力をほんの少し与えたの。面白かったでしょ？　自分が十二聖天だと思って威張っている姿は」

蟹座の姿でクスクスと笑う女。さっきからの言葉を聞いているとこいつは……僕は何か言葉を発することなく大鎌で切り掛かる。勢いよく斜めに振り下ろした大鎌は蟹座を切る……ことなく見えない壁に阻まれた。

「せっかちな男は嫌われるわよ。でもよかったわ、逃したあの人の力を見つけることができて。忌々しいダルクスが現れて逃したって聞いた時はどうしてやろうかと思ったけど、ふふっ、早くあ

なたを殺してあの人の力を手に入れたいわ」

「なら、かかって来いよ、女神フィストリア。僕もお前を殺したくてうずうずしているんだよ」

僕は挑発するようにして蟹座に乗り移った女を睨む。蟹座に乗り移っている女は肩を竦めるようにして僕を見てきた。なんだあの仕草は。本当に腹が立つ。

「そうしてあげたいのは山々なのだけど、まだダルクスにやられた傷が癒えてなくてね。直接あなたの首を捻りたいのだけど。今できるのは、精々死体に乗り移ることぐらい。でも、この世代は中々いいわ。あの人の力も複数生まれて、聖女と勇者も生まれた。これでようやく何百年と待った私の女神の力も完璧になれるわ。ふふっ、私を殺したかったら聖王国まで来なさい。それまであなたが生きていられたら私に会えるでしょう。まあ、こちらも指を咥えて待ってはあげないけどね」

フィストリアが最後に笑みを浮かべると、少しずつ気配がなくなっていく。消える直前に切りかかったが、切ったのは蟹座……元蟹座を切っただけ。ちっ、意味がなかったか。

「おい、マスター！　物凄い気配がしたが何があった⁉」

フィストリアの気配を感じたのか、リーシャが慌てて僕の側までやって来た。その手には首だけになった牡牛座が握られていた。リーシャを見ると特に怪我もなさそうだ。

しかし、この場所が知られてしまったな。あの口振りだと何かしら手を打ってくるはずだ。距離はかなりあるためすぐには来ないと思うが、今回の偽十二聖天のようなこともある。少し早く進めるか。

くそっ、あのクソ女神と対峙したせいでイライラが止まらない。今から僕たちを裏切った奴らを裁かなければいけないが、イライラに任せて暴れてしまいそうだ。

僕はリーシャに大丈夫だと言いながら、ミレーヌたちに囲まれている国王たちの元へと向かうのだった。あー、イライラする。

それから、ネロにゾンビを召喚させて、僕たちを裏切った国王たちを捕らえさせる。少し暴れたが、敵うはずもなく全員捕らえることができた。

「くっ、放せ！　私にこんなことをしていいと思っているのか!?」

体を縄で巻かれているくせに大声で喚く国王……いや、今は伯爵だったね。他の大臣たちのなかには伯爵に同調する者が半数、諦めている者が半数といったところか。しかし、ぎゃあぎゃあとうるさいな。女神のせいでただでさえイライラしているのに、こんなに喚かれたらさっさと殺したくなる。

だけど今はぐっと我慢する。こいつらに手を下すのは僕じゃない。僕は少し隣をチラッと見てから視線を戻す。

「少し黙ってね、メストア伯爵殿。今回の件についてはもう僕も我慢の限界だ。君たちにはそれ相応の罰を受けてもらう」

「罰を受けてもらうだと！　お前になんの権限があってそんなことを言う！　お前なぞ、フィストリア様の前ではゴミでしかないのだぞ！　ゴミのお前らよりあのお方に仕える私たちの方が上だ！」

意味のわからない自論を述べる伯爵。これは確実にあいつらに何かをされたな。以前の伯爵はここまでおかしなことを言うような人物ではなかった……はずだ。現にフィアも初対面の人を見るかのような視線を伯爵へと向けていた。

しかも、その雰囲気は伯爵だけではなく、他の大臣たち、王太子ですらそうなのだからこれは確実に何かされたのだろう。僕は喚く伯爵たちを無視してフィアの方を見る。僕が手を出してもいいが、彼女にケジメをつけさせた方がいいだろう。

フィアも僕の意図がわかったのか、一瞬悲しそうな顔を浮かべたが、一度目を瞑り顔を上げると、初めて僕たちも対峙した時のような王女としての……いや、今からは女王としての顔で伯爵たちを見た。

「父上、あなたには王から退いてもらいます」

「何を言うのだ、フィアよ。これからこの国は変わるのだぞ。それなのに私に退けだと？　さてはフィア、お前そこの男に誑(たぶら)かされているな！」

「……父上」

「元はと言えば、フィア、お前が負けなければこんなことにはなっていなかったのだ！　まさか、お前は元からこのつもりで国を売ったのか！　この売国奴め！　貴様など娘ではない！」

……聞くに耐えないな。いくら洗脳などされていようが、自分の娘に対して言っていい言葉じゃない。僕ももし母さんが生きていた頃にそんなことを言われたら、心が折れる自信がある。

だけど、フィアは辛そうな表情を浮かべながらも、自身が持つ折れた剣とは別の予備の剣を抜き、そのまま振りかぶった。まさか切られるとは思ってなかったのだろう、伯爵はきょとんとした表情のまま首が落ちた。

「……これからはこのメストア王国は私が治める！　アークフィア・メストア女王として！　私に逆らうと言うなら、お前たちも父上のようになるぞ！」

剣を大臣たちへと向けて宣言するフィア。大臣たちがそんなことは認められない、逆賊、乗っ取り、など叫ぶとフィアは次々と大臣を切って行った。大臣たちもフィアが本気だと思ったのか人数が半分ぐらいになってようやく黙る。

生き残った奴らはスケルトンたちに上へと行かせて、地下に残っているのは僕とリーシャとミレーヌにネロ、それからフィアだけだ。マルスやティエラは危なかった子供を連れて家へと戻っている。

フィアは父親だった死体を眺めて固まっている。まあ仕方ないか。僕たちは黙って離れてマルスたちの元へと向かう。自分が決めたことだが、頭のなかで整理が必要だろう。少し1人にしてあげよう。

「ふぅ、ただいまー」

「おかえりなさいませ、フィストリア様」

私が眠っていたベッドの側で片膝をついて頭を下げる男性。私の下僕であり、直属の部隊、天使隊を指揮する天使長であるシグルトが、私が起きるのを待っていた。

「ええ、ただいま、シグルト。何か変わったことは？」

「特には。強いて言うなら聖王が謁見に来たぐらいでしょうか」

ああ、あのデブね。あの男、自分が偉いと思っているのか女神であるこの私を色欲のこもった目で見てくるのよね。殺してやろうかと思うのだけど、私の命令には従うからタイミングを逃しちゃうのよね。

「それで、今回は」

「ああ、そうよ、あの方の力を持った者に阻まれたわ。人造兵士も容易く殺されたしね」

「それは……では我々が向かいましょうか？」

「いいわ。あなたたちが出るほどではないわ。それより、勇者たちからは？　何か連絡はあった？」

「いいえ、まだありません」

むー、つまんないの。これもあの男のせいよ！　あの時殺されたせいで元々持っていた力が弱まって、あの方の力を集めるのにも時間がかかってしまうのだから。本当に忌々しいわね、ダルクス。それに、今日出会った男。よりにもよってダルクスと同じ力を持つなんて。あぁ！　私の力が万全なら2人とも殺しに行くのに！

……まあ、いいわ。何処にいるのかさえわかっていれば、やり方はいくらでもあるのだから。

「聖王を呼びなさい」

「いいのですか？」

「ええ、なんの話かは知らないけど聞いてあげるわ。その代わりやることはやってもらうわ」

あの2人は必ず私の前で跪かせて、命乞いをしているところを私の手で殺してやるわ。

特別短編　合間の憩い

「釣りをしよう、マスター!!」

「は?」

メストア王国を乗っ取ってから数日が経ったある日のことだった。

今日も配下であるネロと、さらにネロが蘇らせた家事専用のスケルトンたちが作った朝食をみんなで食べていたら、突然入って来たリーシャがそんなことを言ってきた。

いつもなら、いの一番に配膳を待っているリーシャが突然何を言い出すんだ?

このリーシャの突然の発言に僕だけではなく、同じく朝食を摂っていたミレーヌやクロノ、女王となったフィアも聞いており、誰もが驚いた表情を浮かべてリーシャを見ていた。

新たに配下となったマルスとティエラは、王城の地下に造った家にいる彼らの仲間と一緒に食事を摂っている。そのためここにはいない。この王城にいるより、地下の方が落ち着くらしい。

今は彼らのことは置いといて。まずは目をキラキラさせて興奮しているリーシャの話を聞こうか。

「急にどうしたんだ、リーシャ?」

「うむ、私が魚料理が好きなことは知っているな?」

「ああ、それでよく転移の道具を使って港町に行っているじゃないか」

その度に道具を使うからクロノにどうにかしてほしいと相談されてたっけ。現に瞳をキラキラさせたリーシャを見てクロノは眉をひそめていた。

「その時に聞いたのだが、港町では船を出して釣りをしに行くことができるらしい。私が生前過ごしていた聖王国は内陸にあるものだから、海なんてなかったし、船に乗ることもできなかった。川は聖王国にもあったが、私の家は由緒ある家系だったからな。剣は許されても、川で遊んだりなどは許されなかった。だから経験したくてな！」

そう力説するリーシャ。なるほどね。確かにこの大陸だと、メストア王国以外で海に出られる場所って限られているからな。聖王国で由緒ある家系ってことは貴族なんだろうけど、貴族の息女が川で釣りなんてできないか。

……しかし、釣りか。当然だけど僕もやったことがない。海なんてなかったし、川も近くにはなかった。そもそも、村から出ること自体殆どなかったからな。そんなことを考えていると、

「釣りですか。あれはかなり難しいものでしたね。魚が針にかかるまで待たないといけませんし、かかった後も魚に逃げられないように引き上げないといけませんから」

と、ミレーヌがそんな感想を言う。そうか、ミレーヌはメストア王国出身だし、冒険者をしていたから経験があるのだろう。

「……そんなに難しいのか、釣りって？　見た限り私でもできそうだと思ったのだが」

「うーん、なんと言えばいいのでしょうか。やることといえば、釣り竿の針に餌を付けて魚のいそうな場所に入れるだけなのですが、その場所を見つける判断力に、魚がかかるまで待つ忍耐力、そして何より運に左右されますからね」

「運？」

「はい。大抵の海や川には普通の魚だけではなく魔物もいます。当然、海に住む魔物は魚を餌にし

ているわけですから、魔物の数によっては魚がかなり少なくなっていることもあります。逆に魚が多い場所だと、魔物が集まって来ることもありますから、釣りというのは難しいのですよ」

経験者であるミレーヌの言葉にリーシャは腕を組んで悩んでしまった。遠目から見ている分だとゆったりとして楽しそうだと思えるのだろうが、実際に釣りをしている人からすると命懸けの部分もあるものだ。まあ、それは町から出てする職業だと、どの職業にも言えることなのだけど。

森に行く職業だと当然魔物に気を付けないといけないし、商人なんかの他の町を行き来する職業も、魔物に盗賊や山賊に気を付けないといけない。その辺りはどの職業も変わらない。

それから、魚が釣れるかどうかも運にかかっている。魔物や天候、その場の環境によってはかなり釣れたり、逆に全く釣れなかったりするだろうからね。

「まあ、いいじゃないか、リーシャ。魔物はどうとでもなるし、釣れる釣れない関係なくやったら」

ただ、僕は別にそれが止める理由にはならない。色々と準備をすることはあるけど、1日、2日自由な時間を作るのが難しいほど切羽詰まっているわけではない。逆に1日、2日休むことなく切羽詰まらなければ勝てない相手と勝負していないってことなのだけど。

しかも、今は慌てずに地盤を固める時期でもあるからね。リーシャを酷使して拗ねられても困る。

「い、いいのか、マスター？」

「いいよ。今は準備期間だからリーシャに出向いてもらうことは少なくなるだろうし、大抵のことはネロに任せていたら問題ないから」

「そうか!!　それなら準備して来る！　マスターも早く食べて準備するのだぞ！！！」

僕が微笑みながら言うとリーシャはぱぁっ、と顔を輝かせて部屋を出て行ってしまった。少し落ち着きのないリーシャを見ながら笑みを浮かべているが……あれ、僕も行くことになっている。隣を見るとミレーヌは笑顔で昼食用にサンドイッチを作ろうと言っていた。

「これって、僕も行くんだよね？」

僕がそんな質問をしたら、リーシャ様は初めからハルト様を誘っておりましたよ？」

「え？　リーシャ様は初めからハルト様を誘っておりましたよ？」

僕がそんな質問をしたら、可愛らしく首を傾げるミレーヌ。あー、そう言われてみればそうだった。僕も誘われていた。

「それじゃあ、みんなで行こうか。リーシャも別にみんながいてもいいだろうし」

「僕はパスで。色々と作りたい物があるから」

「私は……」

「あ、フィアは強制的に参加だから」

「な、何故だ!?」

僕の言葉に驚くフィアを無視して、行く準備をするために朝食を食べる。まあ、大抵の物はミレーヌが準備してくれるから僕が用意する物なんて殆どないのだけど。

因みにフィアを強制的に連れて行くのは、案内係という名目で休ませるためだ。僕が無理矢理王位に就かせたからといって、倒れそうになるほど政務をしてもらいたいわけじゃない。

まあ、馬鹿な貴族の対応や暗殺に気を付けないといけなくて、精神的に参っているのだろうね。何度か休むように伝えたが聞いてもらえなかったから、無理矢理でも少し休ませないと。フィアはもう僕の物だし、無理して壊れたら困るからちゃんと休ませてあげないとね。

ずっと国王が政務をし続けないといけないほど、この国は切羽詰まっていない。

貴族が減ったことによる問題が多々あるが、まあなんとかなる範囲だし、昔の国王の霊や文官の霊を使ってフィアの副官も作っているし、数日ぐらい離れていても大丈夫なはずだ。

まだ悩んでいるフィアをネロが蘇らせたメイドスケルトンに連れて行かせて準備させる。マルスたちは……今回はいいだろう。大人数で行っても仕方ない。彼らは別の機会に連れて行くとするか。

それから、すぐに準備を終えた僕と、昼食を入れた籠を持ったミレーヌ。

リーシャはぴっちりとしたズボンに半袖の服を着てワクワクとした表情でやって来た。

そんな彼女たちとともに、ミレーヌを手に入れた町へと転移した。

あの戦いから既に破壊された建物などは直されており、この町の住人たちも普通に生活している。操っていた状態の時の記憶は改竄して、死んだ町人たちも事故で死んだと思っているからね。

前の戦いがなかったかのように、のほほんと生活している住人たちの間を通り抜けて海側へと向かう。海の景色が見えるに連れてテンションを上げていくリーシャ。今にも走り出しそうだ。

既に色々と物を借りれる場所を調べていたのか、リーシャは真っすぐにとある魚屋へと向かっていた。そこの店主と話をして、10人ほどが乗れそうな船と釣具一式を借りて釣餌を購入した。

船は少し高価な魔力で動く魔導船のようで、素人でも簡単に動かすことができるようだ。その船に乗り込んで僕は船乗りだったスケルトンを蘇らせる。いくら簡単に動かせるといっても、ただ単に動かすのと目的を持って動かすのじゃあ違うからね。運転はこのスケルトンに任せるとしよう。

船を走らせて陸が遠くに見えるようになった頃、手頃な釣り場に着いたのかスケルトンは船を止める。リーシャはいつでも釣りが始められるように準備をしていた。

「よしっ！　それじゃあ釣りをしよう！」

そして止まった瞬間そう言うと、海に向かって糸を垂らす。余程楽しみにしていたのだろうね。

リーシャの周りがキラキラと輝いて見えるよ。

よし、僕もキラキラしたリーシャを眺めてないで、釣りをしようかな。せっかく来たのだからね。

「ミレーヌはしたことあるの？」

「はい！　ほんの数回ですが、冒険者の時に。船の上でするのは初めてですが大丈夫だと思います！」

両手を握りしめて力強く宣言するミレーヌ。それなら、彼女に教えてもらおうかな。

ミレーヌに釣りのやり方を教えてもらいながら、釣りを始める。教えてもらうといっても針に魚の餌用に作られた練り物を付けて海に入れるだけなのだけど。

魚がかかった時に魔力を流すことで電撃を与えて麻痺させてくれる釣竿や、自動で糸を巻き上げてくれる釣竿など。魔導具で作られた物があるのだけど、流石にそれは貸してもらえなかった。

僕たちが借りたのはリールが付いているだけの簡単なタイプだ。釣り糸とかも普通の物なので、魚はともかく魔物に食いつかれたら簡単に切れてしまう。

そんな釣竿を使ってミレーヌたちと談話しながら釣りをしていると、そこそこ釣れるのだった。

釣りを始めて1時間ほど経つけど、僕は4匹、ミレーヌが6匹、フィアがなんと11匹だった。

ミレーヌもこれほど釣れるとは思っていなかったのだろう大喜びで、フィアも大量に釣れたのとこの広く青い海に癒やされたのか、心なしか元気に見える。連れて来てよかった。

「そういえば、リーシャ様は？」

喜びながら釣れた魚を見ていたミレーヌだが、ふとした様子でリーシャを探し始める。釣り場がかぶらないように少し離れて釣りをしていた僕たちだが、リーシャは丁度僕たちとは反対側の位置

に移動しており、船の操舵席があるため見えなかったのだ。みんなでリーシャの様子を見に行くと、

「……うぅっ……何故なのだ？」

釣りをしたまま項垂れていた。チラッとリーシャの側にある魚を入れる籠を覗いてみると、中には海水だけが入っていた……ってことは、1時間近く1尾も釣れないままだったのか。

この町に来たばかりの頃のキラキラワクワクとした様子はもう見当たらない。逆に見ているこちらが辛いと思えるほど、リーシャはしょんぼりと落ち込んでいた。

余りにも可哀想なので慰めるために声をかけようとした瞬間、

「あっ!!」

誰かが声を発した。理由は誰もがわかった。目の前の項垂れているリーシャの釣竿が力強く引っ張られてしなり始めたからだ。

落ち込んでいたリーシャの表情はみるみるうちに明るくなっていき、しなる釣竿を力強く握る。気が付けばみんなでリーシャを応援していた。あれほど落ち込んでいたところでのこのヒットだ。誰もが応援するに決まっている。

リーシャははやる気持ちを抑えながら糸が切れないようにゆっくりとリールを巻く。当然魚は釣り上げられないように抵抗するため、強く巻き過ぎると糸が切れてしまうのだ。

ヒットした魚と戦うこと10数分。次第に弱ってきたのか少しずつ魚が浮かび上がって来た。魚影が見えるほど浮かんで来て、もう後少し頑張れば釣り上げられる。

海面から魚の頭が飛び出そうとしたその時、その魚の下から勢いよく飛び出して来た巨大な魚影。

リーシャが釣り上げようとした2メートルほどの魚を丸呑みにする大きな口、四本の足を持つ魚。

余りにも巨体なため、飛び出して来た勢いで水面が大きく波を立てて、船を揺らす。危うく転覆しそうになったけど、船乗りのスケルトンが上手いこと船を動かしたため、転覆は免れた。

魚の魔物は鋭い牙で容易く釣糸を断ち切り、海に潜ってしまった。魚は丸呑みで既に胃の中へ。

リーシャは呆然と糸の切れた釣竿を眺めて固まっていた。待ちに待ってようやくかかった魚だっただけに、なんて声をかけたらいいのかわからず黙ってしまう。

僕たちの中で一番優しいミレーヌが動かないリーシャに声をかけようとした瞬間、再び揺れる水面。どうやら、味を占めたのかまたこちらを狙っているようだ。リーシャもそのことに気が付いて、

「ふ……ふふっ……ふはははははっ！！！　お前は絶対に許さん‼　一剣・疾風ノ大剣‼」

迫る魚の魔物にブチ切れたリーシャは魔剣を手に握り一振り。たったそれだけ。たったそれだけで魚の魔物は縦に切られて左右に分かれて死んだ。斬撃の余波で水面を割るほどの威力だ。魚の魔物如きではどうしようもできなかっただろう。

それから僕たちは釣りを切り上げて帰ることにした。理由は魚の魔物が飛び上がった時の水飛沫で全員がびしょ濡れになったからだ。フィアの火の魔法で暖をとるけど海の上だと少し肌寒いしね。

リーシャはまだやりたそうだったけど、今回は申し訳ないけどこちらを優先させてもらった。また行くという約束をして。まあ、そんなリーシャも自分で仕留めた魚の魔物の肉を使った料理を食べたら機嫌が直ってくれたのだけど。

「楽しかったですね、ハルト様！」

「そうだね」

リーシャが少し残念だったけど、僕たちも楽しめたから、たまにはこういう休みもいいのかもね。

あとがき

「世界に復讐を誓った少年」第1巻をお手に取っていただき、誠にありがとうございます！　他作品で既にご存知の方はお久しぶりです。今作品で初めて知った方ははじめまして！　原作者のやまです。

この度は「小説家になろう」で書かせていただいている作品の中で3作品目の書籍化になり、「復讐物」という内容を書かせていただきました。

皆様もご存知かとは思いますが、「小説家になろう」の中には色々なジャンルの作品があります。一番有名なのが「転生物」で、次に続くのが「ハーレム物」だったり、「スローライフ物」だったりします。そのなかで少し前に出て来たのが「復讐物」でした。内容はその題材の通り、何かしらの理由によって虐げられた主人公が、自分を虐げた人たちに復讐を行うのが多い作品になります。

今作品についても、普通に母親と一緒に生活していくだけで幸せだった少年のハルトが、神から与えられた職業で、昔女神に傷を付けた職業と同じというだけで、悪魔と蔑まれ捕らえられて、村人たちには裏切られて、目の前で母親を殺されるという、中々重たいストーリーから始まります。

私が書く小説は、内容としてはシリアスな面が少な目な作品が多いのですが、今回の作品は復讐物ということで、少しシリアスな部分が多いかと思います。

復讐物を書いていて難しいと感じたのが、シリアスな場面は勿論のこと、復讐相手以外への加減の難しさでした。復讐物ということで、復讐相手には当たり前ですが手を抜くことなんてあり得ないのですが、それ以外の人たちを相手にした時はどうするのか。その部分は書いていて難しいと思いましたね。僕の場合、この作品の中では自分のものかどうかで線引きをしました。様々な裏切りを受けた主人公のハルトは、自身の他人に対する感性も歪んでしまいます。自分の蘇らせた部下や奴隷のように縛った相手以外は信じられなくなってしまい、それ以外の相手はどうでもよく思っています。

1巻でも少しやり過ぎたかなと思う部分もありましたが、この線引きがあるからこそ、行き過ぎず書けたのではないのかなと思いました。

そして、私の他作品を読んでいただいている方は知っているかと思いますが、今作品でも麗しいヒロインが多数出て来ます。特にメインヒロインであるハルトが蘇らせた女騎士であるリーシャと、敵対していたけどハルトの手によって寝返ったミレーヌたちの可憐な姿は必見です。今回のキャラクターデザインをしてくださいましたあかつき聖様の絵は可憐な女性が多く、この方に描いていただいたリーシャやミレーヌは、私の想像以上の可愛さや綺麗さがあって、素晴らしい方に描いていただいたと思いました。このあかつき聖様のイラストのおかげで、私の作品が何倍も良く見えていますし。

色々と書かせていただきましたが、この度はこの作品を書籍化していただきましたBKブックス様、素晴らしいイラストを作成していただきましたあかつき聖様、そしてなにより、この書籍を購入してくださいました読者の皆様に感謝申し上げます。

次巻でもお会いできることを心より祈りつつ、引き続き「世界に復讐を誓った少年」をよろしくお願いいたします。

BKブックス

世界に復讐を誓った少年

～ある暗黒魔術師の聖戦記～

2020年11月20日　初版第一刷発行

著　者　やま

イラストレーター　あかつき聖（ひじり）

発行人　大島雄司

発行所　株式会社ぶんか社
〒102-8405　東京都千代田区一番町29-6
TEL 03-3222-5125（編集部）
TEL 03-3222-5115（出版営業部）
www.bunkasha.co.jp

装　丁　AFTERGLOW

編　集　株式会社 パルプライド

印刷所　大日本印刷株式会社

ISBN978-4-8211-4572-0

Printed in Japan